Hans Melzer-Gunesch
Die Rückkehr der Graak

Hans Melzer-Gunesch

Die Rückkehr der Graak

Science-Fiction Roman

(Fortsetzung von „Die Avatar Trilogie")

Bibliografische Information der Deutschen Nationalbibliothek:
Die Deutsche Nationalbibliothek verzeichnet diese Publikation in der Deutschen Nationalbibliografie; detaillierte bibliografische Daten sind im Internet über http://dnb.dnb.de abrufbar.

Verlag: BoD • Books on Demand GmbH, In der Tarpen 42, 22848 Norderstedt
Druck: Libri Plureus GmbH, Friedensallee 273, 22763 Hamburg

ISBN: 978-3-7597-6855-1

Für Gabi,

die mich immer ermuntert,

weiter zu schreiben …

Bisher im BoD-Verlag erschienene Bücher des Autors:

Die Avatar Trilogie – 2020, ISBN: 978-3-7519-9556-6

Der Rückkehrer – 2020, ISBN: 978-3-7526-4101-1

Die Rächerin – 2022, ISBN: 978-3-7562-1116-6

Erde, London

Heute standen drei verschiedene Aufträge an. Damit war das Maximum erreicht. Mehr erhielt er nicht. Das war ihm letzten Endes egal, denn es kam ihm nicht auf Quantität an. Qualität war sein Motto. Er war aber der Überzeugung, dass auch mehr Aufträge unter Wahrung seines Qualitätsstandards möglich wären.

Die Arbeit wurde ihm wie allen anderen Avataren durch Sachleistungen vergütet: Wohnung, Möbel, Energie. Allerdings war es nötig, im Dienst der Menschen gute Arbeit zu leisten. Davon hing auch die Qualität der Sachleistungen ab. Außerdem war dieser Dienst ihre einzige Existenzberechtigung.

Die Aufträge wurden von der Zentrale vergeben, die diese nach einem festgelegten Algorithmus verteilte. So wurde als vorrangiges Prinzip sichergestellt, dass sie gleichmäßig vergeben wurden. Andere Parameter berücksichtigten natürlich Befähigung, Ausgewogenheit der Auftragsarten und anderes mehr. Einschließlich der Unterparameter gab es neunundvierzig an der Zahl.

Es lag in seiner Entscheidung, welchen Auftrag er zuerst erledigte. Und so begab er sich in die Vincent Street, wo er ein Computerproblem lösen musste. Das automatische Flugtaxi brauchte fünf Minuten, bevor es sanft auf dem dafür vorgesehenen Parkplatz aufsetzte, der sich schräg gegenüber der *Grosvenor Hall* befand.

Das Privathaus war ein vornehmes Anwesen, das früher bestimmt eher musealen Zwecken gedient hatte. Gewissermaßen als Umkehrung der Geschichte wurde das Gebäude von Privat erworben und entsprechend umgebaut. Das Eingangstor öffnete sich automatisch, nachdem Sensoren den angekündigten Besucher erfassten. Daraufhin begab er sich zu dem Büro, wo er erwartet wurde.

Im *Dolphin* Kontrollzentrum in Swords, Irland, leuchtete ein rotes Warnsignal auf. Der diensthabende Android, zuständig für Londons Stadtteil *City of Westminster*, nahm sich des Falles an. In der Vincent Street wurde ein Auftrag vom Kundendienst als erledigt angegeben, aber vom Auftraggeber nicht quittiert. Das kam in der Regel nicht vor. Wenn der Auftraggeber mit der Leistung nicht zufrieden war, dann bemängelte er sie entsprechend und sofort wurde ein neuer Kundendienst hingeschickt. Wenn gar nichts quittiert wurde, gab es nur zwei Erklärungen: eine Fehlfunktion im System – eigentlich unmöglich – oder UNBEKANNT. Dieser Grund erschien auf dem internen Eye-Display des Androiden, nachdem er das System gecheckt hatte, ohne einen Fehler zu entdecken.

Der vorgesehenen Prozedur zufolge verständigte der Android die Polizeidienststelle in Westminster per internem Internet-Call. Andere Aufgaben beziehungsweise Funktionen hatte er nicht. Im Unterschied zu den Avataren war er nur ein Roboter.

Der diensthabende Wachmann erhielt die Nachricht auf seinem Monitor und da sie mit Priorität Eins gekennzeichnet war, wurde die Nachricht zeitgleich an die Polizeistreife weitergeleitet, die sich am nächsten der Vincent Street befand.

Eine Minute nach dem Empfang des unquittierten Vollzugs des Auftrags landete der Polizeikopter auf dem Parkplatz schräg gegenüber der *Grosvenor Hall*.

Ein Lufttaxi hob gerade ab. Aus dem Polizeikopter wurden die Daten des Fahrgastes in Sekundenschnelle überprüft. Es handelte sich um einen Angestellten der *Grosvenor Hall*. Hatte mit dem Privatanwesen nichts zu tun.

Das Eingangstor öffnete sich nicht. Per Notfallbefehl wurde aus der Datenbank der Code eingegeben, der das Tor öffnete. Die Datenbank war extrem gut abgesichert. In diesem Fall aber war der Zugriff durch die Polizei berechtigt. Gefahr war im Verzug beziehungsweise man konnte sicher davon ausgehen, dass der Bewohner des Anwesens aus irgendeinem, vielleicht lebensbedrohlichen Grund das Tor für die Polizeibeamten nicht freigegeben hatte.

Mit gezückten Waffen drangen die zwei Polizisten gezielt in eines der Büros ein, das den Server enthielt, der vom bestellten Kundendienst überprüft werden sollte. Das Tablet, das den Server steuerte, war aber nicht zu finden. Dafür fanden sie den Besitzer. Er lag hinter dem Schreibtisch. Sein Kopf unnatürlich stark zur Seite gedreht. Offensichtlich wurde ihm das Genick gebrochen.

Das Erstaunen der Polizeibeamten war groß! Sie waren an Verbrechen und demzufolge Leichen gewohnt, aber nicht in so einem Fall! NIE hatte ein Avatar ein solches Verbrechen begangen! Die Avatare galten als absolut sicher, in dem Sinne, dass ihre Programmierung zusätzlich zu den sorgfältig ausgesuchten menschlichen Charakteren ein verbrecherisches Verhalten ausschloss. Die menschlichen „Spender", die noch vom Beginn des Jahrhunderts stammten, als *Dolphin* mithilfe der „Virtual Mental Timeshift Unit" ihre Erinnerungen und Charaktereigenschaften gespeichert hatte, lebten nicht mehr und *Dolphin* hatte in einem äußerst zeitaufwändigen aber lohnenden Verfahren von den meisten Nachfahren die Rechte an diesen Daten erworben. Damit hatte sich der IT-Konzern die Möglichkeit gesichert, bei der Programmierung der Avatare jene Merkmale zu verwenden, die für bestimmte Aufgaben nötig waren. Der eingebaute Chip, der die Kontrolle über die ansonsten selbständig lebenden Avatare ermöglichte, enthielt alle gesetzlichen Vorschriften, die beachtet werden mussten.

Charles wusste, dass dies eine relativ ausweglose Situation war. Er hatte die Wahl zwischen zwei schlechten Varianten. Er hätte bei der Zentrale den Mord an seinem Klienten melden können, hätte dann aber folgerichtig auf die Polizei warten müssen und wäre auf jeden Fall in Gewahrsam genommen worden. Man hätte ihn deaktiviert und anhand des implantierten Chips den Vorgang rekonstruiert. Natürlich war er unschuldig und normalerweise hätte man das schnell festgestellt. Danach hätte man ihn reaktiviert und die Sache wäre für ihn erledigt gewesen. Aber konnte er sich da sicher sein?

In Sekundenschnelle hatte er begriffen, dass hier etwas nicht mit rechten Dingen zuging. Das zu reparierende Tablet war verschwunden, aber es konnte sich nicht um einen einfachen Raubmord gehandelt haben. Weshalb hatte sich das Tor für ihn geöffnet? Nur der legitime Bewohner des Hauses konnte das so einrichten. Der Mörder besaß offenbar die Fähigkeit, diese Programmierung vorzunehmen. Sogar nachdem er das Haus verlassen hatte! Das war außergewöhnlich! Nicht einmal er selbst mit seinem umfangreichen Computerwissen wäre dazu in der Lage gewesen. Außerdem fehlte ihm ohnehin die

Berechtigung dazu. Ein Mensch würde unvermeidlich Spuren hinterlassen. Nur ein Avatar war in der Lage, seine Spuren sicher zu verwischen. Aber Charles hatte noch nie gehört, dass ein Avatar gemordet hatte.

Über den Bewohner des Hauses wusste er nicht viel. Informationen darüber waren datenrechtlich strengstens geschützt. Vorbei waren die Zeiten, in denen man sich bei *Google* solche Informationen besorgen konnte. Nur das, was man als Privatperson selbst zuließ, konnte in Erfahrung gebracht werden. Auch Querverbindungen waren nicht zulässig. Das bedeutete aber nicht, dass man über dunkle Kanäle, Nachfolger des berüchtigten *Darknets*, nicht doch einiges erfahren konnte. Charles konnte es sich jedoch nicht leisten, diese Kanäle zu nutzen, denn in gewisser Hinsicht stand er ständig unter Kontrolle. Andererseits hatte er auch gar kein Interesse daran.

Alles, was er wusste, war, dass es sich wohl um einen Unternehmer handelte, der für seine Firma einen Server unterhielt. Diesen zu reparieren war auch der dringliche Auftrag gewesen, den Charles erhalten hatte. Das vornehme Anwesen deutete ebenfalls auf einen gewissen Wohlstand und damit auf ein bedeutenderes Unternehmen hin. Durch die Reparatur am Server hätte er diesbezüglich mehr erfahren, aber das war bei so einem Vorgang normal. Sein Vertrag enthielt eine generelle Verschwiegenheitspflicht. Und da man den Avataren deren Einhaltung eher zutraute als den Menschen, wurden vornehmlich erstere für solche Aufträge in Anspruch genommen.

Charles entschied sich für die zweite Variante. Erst einmal zu verschwinden. So als wäre er gar nicht dagewesen. Natürlich würde man ihn sofort mit dem Mord in Verbindung bringen, aber es gab die Chance, dass man seine Anwesenheit nicht nachweisen konnte. Er hatte nichts angefasst und so konnte man seinen künstlichen Fingerabdruck auch nicht finden. Zwar war es möglich, anhand der Torprogrammierung seinen erfolgten Zugang zum Haus zu rekonstruieren, aber er hoffte aufgrund sonstiger fehlender Beweise, dass die Ermittler deshalb Zweifel an seiner Anwesenheit bekamen. Seine Bewegungen über GPS zu erfassen war nach langem Kampf der Hilfsorganisation „Human Rights for Avatars" kein Thema mehr. Und sollte die Zentrale das doch tun – Charles traute ihr grundsätzlich alles zu – wären solche Beweise nicht verwendbar.

Das einzige Problem war das Lufttaxi. So entschied er sich entgegen des Moralkodex', der ihm „innewohnte", die Zentrale des Taxiunternehmens zu hacken und sich als Angestellter der *Grosvenor Hall* auszugeben samt fingierter Adresse, sowohl für den Hin- als auch den Rückflug. Er versprach sich indes selbst, diese Missetat wieder gutzumachen, indem er sein Fachwissen dazu nutzen wollte, diesen Fall nach Möglichkeit aufzuklären.

Mars, Avatar-Kolonie

Er war bereits lange unterwegs gewesen. Das machte ihm nichts aus. Er war gut aufgeladen. Er hatte es aber eilig. Die Ungeduld trieb ihn. Es ging ihm nicht schnell genug. Er wollte rechtzeitig da sein. Die Nachricht hatte ihn erreicht, als er gerade dachte, die Gefahr sei endgültig gebannt. Alle dachten sie so.

Aber die Observatorien meldeten eine erneute Annäherung. Sie glich der gerade abgewehrten Angriffswelle und deshalb wurde das Ereignis sofort als höchste Gefahr eingestuft. Dennoch wollte er sich vergewissern. Wollte es mit eigenen Augen sehen, auch wenn ihm bereits Fotos und Filmaufnahmen zugeschickt worden waren. Er wollte die Bewegung selbst sehen.

Fast fünfzig Jahre lang hatten sie sich in Sicherheit gewiegt. Und dann kam der Angriff. Plötzlich. Aus dem Nichts. Sie waren unvorbereitet gewesen. Zum Glück wurden sie von den Menschen gewarnt. Diese hielten den Raum um Saturn ständig unter Beobachtung. Jahrzehnte lang. Es entsprach deren Naturell, misstrauisch zu sein, und Jens musste zugeben, dass dies keine schlechte Eigenschaft war. Sie selbst hatten sie nicht. Zwar konnten sie sich im Laufe der Zeit durch die enge Zusammenarbeit mit den Menschen die Eigenschaft aneignen, die gewissermaßen das positive Spiegelbild von Misstrauen war: die Vorsicht. Aber nur mit Vorsicht allein hätten sie den Angriff der Graak nicht bemerkt.

Genauer betrachtet, war es gar kein richtiger Angriff gewesen. Während er regelmäßigen Schrittes vorankam, wobei das Ganze wegen der geringen Schwerkraft eher wie aneinandergereihte Dreisprünge aussah, erinnerte sich Jens …

„Galaxy Industries hat uns eine Warnung geschickt", meldete Ashley völlig unaufgeregt. „Wie es aussieht, sind die Raumschiffe der Graak auf dem Weg ins innere Sonnensystem. In zwei, drei Sols könnten sie hier sein." Sie hatte wie immer die Ruhe weg, aus der sie niemand bringen konnte. Dafür war sie auch in der Lage, schneller als alle anderen zu reagieren. Als Jens noch überlegte, wie sie mit dieser Nachricht umgehen sollten, ergänzte sie:

„Ich habe Tony gebeten, die Vorbereitungen für die erste Verteidigungsprozedur einzuleiten. Ich hoffe, das war in deinem Sinne".

„Natürlich", gab Jens zurück, immer noch überrascht von dieser Meldung.

Anlässlich der mittlerweile zahlreichen Besuche der Menschen auf dem Mars, bei denen sie die Bodenschätze abholten, die die Avatare für sie abbauten, erfuhren die Avatare auch eine gründliche Einführung in die Kriegskunst, die sie nach Meinung der Menschen benötigten, um sich vor eventuellen Angriffen aus dem Weltraum zu schützen.

So wurden mit Hilfe der Menschen Beobachtungsposten eingerichtet, die mit Teleskopen das äußere Sonnensystem beobachteten, vor allem den Saturn. Das innere Sonnensystem, die Erde und deren Menschen, stellte für die Avatare nach der gemeinsamen Abwehr der Graak vor fünfzig Jahren keine Gefahr mehr dar. Diese Allianz beruhte auf Vertrauen, gewonnen aus grundlegenden Erfahrungen der Avatare mit den Menschen.

Die Beobachtungsposten waren aber nicht ständig besetzt und sollten nur bei Bedarf genutzt werden. Alles andere erschien den Avataren ineffektiv. Es gab genug andere Aufgaben, die sie im Allsol erledigen mussten: Das Weiterführen des Terraformings, mittlerweile auch die Herausfilterung von Sauerstoff aus der Kohlendioxid-Atmosphäre des Planeten, die ständige Umsetzung und Kontrolle der Energiegewinnung, solar oder durch die Herstellung von Hydrazin, die systematische Suche nach den Bodenschätzen, die für die Menschen wichtig waren. Ein mittlerweile umfassender Vertrag regelte dies. Als Gegenleistung erhielten die Avatare regelmäßig Bevölkerungszuwachs. Mittlerweile wiesen sie eine Population von knapp 1.500 Avataren aus. Um die 1.200 Avatare, deren Berufe und Charaktere nach den Wünschen der Marsianer ausgesucht wurden, hatten die ursprünglichen Avatare ergänzt. *Dolphin* wurde diesbezüglich von *Galaxy Industries* bezahlt, für die sich das Geschäft durch den Abbau der Bodenschätze mehr als lohnte.

Die seit langem gespeicherte Verteidigungsprozedur sah vor, die fremden Objekte per Teleskop zu orten, ihre Bewegungen zu verfolgen und in der Zwischenzeit die Waffen aufzustellen. Dazu gehörte die Positionierung der schweren Artillerie, besonders geeignet, Landungsschiffe zu beschießen, und die Verteilung der Handfeuerwaffen. Zu diesem Arsenal gehörten neben den alten Maschinenpistolen, die sich schon im ersten Graak-Krieg nicht nur wegen des Lärms, den sie verursachten, bewährt hatten, moderne Handfeuerwaffen, die Lasertechnologie anwandten.

Tony war in der Zwischenzeit für sehr vieles zuständig. Immer wenn es galt, ein neues Projekt anzuführen, brachte er es fertig, sich an dessen Spitze zu stellen. Er war sehr aktiv und hatte gerne das Sagen, womit er immer wieder in Konkurrenz zu Jens geriet. Mit der Zeit gab er sich aber offenbar mit der Rolle als „Nummer Zwei" zufrieden. Jens war inzwischen unbestritten die Nummer Eins unter den Avataren, ohne dass er jemals dazu gewählt worden wäre. Die Hierarchie in der basisdemokratisch geführten Gesellschaft der Avatare war unausgesprochen, erwies sich aber aus organisatorischen Gründen erstens als notwendig, um die mannigfaltigen Arbeiten zu steuern, und ergab sich zweitens aus der Kompetenz der Führenden, die unwidersprochen von allen akzeptiert wurden.

Es wurde aber auch nicht viel darüber nachgedacht. Die Avatare hatten sehr viel Menschliches in ihrem Denken, Verhalten und Tun. Ihre roboterhafte Seite führte allerdings auch zu einem automatisierten Verhalten, das nicht ständig hinterfragt wurde.

Tony koordinierte und überwachte die Organisation der Verteidigung, inspizierte jeden aufgestellten Posten und vergewisserte sich, dass die gespeicherten Vorgehensweisen eingehalten wurden.

Die drei Teleskope, die ihnen im Laufe der Zeit von den Menschen geliefert wurden, so verteilt auf dem Planeten, dass der Saturn mit seinem Mond Titan, wo man die Graak immer noch vermutete, jederzeit beobachtet werden konnte, wurden besetzt und so war in kürzester Zeit alles bereit für die Verteidigung.

Es befanden sich gerade keine Menschen auf dem Planeten, die in letzter Zeit neben Gesteinsschichten reich an Carbonat auch Lithium, Kobalt und Nickel in Empfang nahmen. Zutage gefördert wurden die Bodenschätze vertragsgemäß von den Avataren selbst. Jens hatte das unbestimmte Gefühl, dass der bevorstehende „Besuch" der Graak nicht zufällig zu diesem Zeitpunkt stattfand.

Die von Tony getroffenen Vorbereitungen waren perfekt. Da laut der vorhandenen taktischen Pläne vorhergesagt wurde, dass die Landungsschiffe der Graak in einem gewissen Abstand zur „Stadt" niedergehen würden, wurde die schwere Artillerie einige hundert Meter weit in der flachen Ebene aufgestellt.

Im Unterschied zum Angriff vor fünfzig Jahren setzten nicht nur sieben Schiffe zur Landung an, sondern unzählige mehr. Im Nachhinein zählten sie allein am Boden vierzehn zerstörte Landungsschiffe neben denen, die bereits vor der Landung getroffen wurden und von denen nur noch Wrackteile umherlagen. Die Marsbewohner machten sich nicht die Mühe, diese zusammenzusetzen, um eine Anzahl festzustellen. Es war nicht ihre Art.

Aber mehr geschah dann auch nicht. Die Graak zogen sich mit ihren riesengroßen Raumschiffen zurück. Keine nennenswerte Gegenwehr, kein Beschuss aus dem All, zu dem sie nach Einschätzung der Menschen auf der Erde durchaus in der Lage hätten sein müssen. Wer in 400 Jahren von einem Sonnensystem ins nächste fliegen kann und in fünf Tagen (ob Marssols oder Erdentage) vom Saturn zum Mars, sollte in der Lage sein, Weltraumwaffen abzuschießen.

Gut, die Graak wollten die Marsbewohner lebendig haben, das heißt, sie wollten sich der Avatare bemächtigen, um ihr eigenes Überleben zu sichern, indem sie mit ihnen die nötige physische und geistige Symbiose eingingen. Aber dann weshalb der usurpatorische Akt der Landung wie vor fünfzig Jahren? Hatten sie aus dem letzten Krieg nichts gelernt? Die Logik der Graak erschloss sich weder den Avataren noch den Strategen auf der Erde.

*

*

*

Nach nur wenigen Stunden erreichte Jens die Station *Marsia 3*, die entfernteste ihrer Beobachtungsposten. Er hatte es abgelehnt, vom Transportschiff abgeholt zu werden, dem busähnlichen Fluggerät, das sie auf dem Mars vorgefunden hatten und dessen Funktionsweise sie immer noch nicht nachvollziehen konnten. Das Prinzip des Gravitationsantriebs war ihnen zwar bekannt, aber wie es wirklich funktionierte, wussten nur die Graak, die es ursprünglich auf den Mars gebracht hatten. Die Kristalltechnologie, die hier Anwendung fand wie auch beim Terraforming, war ebenfalls eine dieser technologischen Geheimnisse der Graak.

Tony flog ständig mit dem „Flugbus" hin und her in seiner Funktion als Koordinator der Verteidigung, die gerade gefragt war. Jens wusste, dass es Tony durchaus schmeichelte, wenn man ihm dieses Privileg überließ.

Außerdem ging er selbst diese langen Wege gerne „zu Fuß". Er hatte gemerkt, dass im Laufe der Zeit die Beweglichkeit seines Androidenkörpers nachließ. Immer öfters verspürte er Blockaden im Bewegungsapparat, die Menschen durchaus als „Schmerzen" bezeichnen würden. So nutzte er jede Gelegenheit, sich zu bewegen. In gewisser Hinsicht war ihm das sehr vertraut, denn sein menschliches Pendant, von dem er das Vorleben geerbt hatte, war sportlich sehr aktiv gewesen, einschließlich regelmäßiger Joggingrunden. Und er wollte es vermeiden, nach dem Privileg eines neuen Androidenkörpers zu verlangen. Man würde es ihm nicht verweigern, aber er hatte es jahrzehntelang unterlassen, sich Vorteile gegenüber den Anderen zu verschaffen. Das wollte er dabei belassen.

Dadurch begann er aber langsam zu verstehen, weshalb die Graak so beharrlich versuchten, sich der Marsavatare zu bemächtigen. Ihre Androidenkörper verfielen unweigerlich nach so vielen Jahrhunderten im Weltraum. Und den Plan, sich fertiger Avatare mit menschlichen Eigenschaften zu bedienen, hatten sie von Anfang an verfolgt.

Als sein menschliches Pendant, Jens Nowak, noch lebte, verbrachten sie lange Stunden mithilfe der Radioverbindung, die Ashley entwickelt hatte, über dieses Thema zu philosophieren. Wobei sie ein Gesprächssystem nutzten, bei dem sie reihum Thesen formulierten und erläuterten, bevor nach ca. sieben Stunden die Antwort eintraf. Dabei waren sie sich einig gewesen, dass die Graak gewiss keine aggressive Rasse waren. Mit ihrer fortschrittlichen Technologie hätten sie sich längst die Erde vornehmen und einen Teil der Menschen versklaven können, wie sie es seinerzeit mit dem *Dolphin*-Boss und den Robinsons, den Programmierern, getan hatten. Sie hatten es aber vorgezogen, mit einer aus ihrer Sicht nicht gelungenen List, sich nur menschlicher Charaktere in Androidenkörper bemächtigen zu wollen, deren Bauanleitung sie selbst auf die Erde gebracht hatten. Letztendlich hatten sie aber die Avatartechnologie den Menschen überlassen müssen. Und diese hatten ihre Algorithmen geknackt. Davon gingen sie zumindest aus.

Der neue Plan der Graak erschien Jens deshalb recht einfallslos. Weshalb diese kriegerischen Angriffe auf den Mars? Die Graak hatten schwere Verluste hinnehmen müssen. Und wozu? Sie brauchten die Avatare „lebendig", also funktionsfähig. Krieg war hier nicht die richtige Taktik! Jens geriet jedes Mal ins Grübeln, wenn er daran dachte. Seit Jens Nowaks Tod konnte er sich nur mit Evelyn darüber austauschen. Sie waren sich einig, dass die Graak im Endeffekt nicht so dumm sein konnten, dieser Taktik treu zu bleiben. Sie mussten sich doch etwas anderes einfallen lassen!

Erde

Mfjwz'j kfedr'? „Wer hat den Befehl gegeben?"
Jv'BORH' or'. „*Seine Heiligkeit* selbst."
Kv eronvs' brdfe'. „Phase 4 beginnt."
Wz'g? „Überall?"
Wz'g! „Überall!"

***

Detective Inspector Michael Barns beugte sich über den Bericht der Flugstreife 5 des Scotland Yard-Kommissariats *City of Westminster*. Zunächst ärgerte er sich, als er die Zeilen las. Es gab genaue Vorschriften, wie ein Bericht auszusehen hatte. Persönliche Anmerkungen oder Vermutungen waren nicht angebracht, um die Unvoreingenommenheit der nächsten behördlichen Stufe nicht zu beeinflussen.

Aber in diesem Fall konnte er den Streifenbeamten verstehen. Er hatte seinen Bericht mit dem Ausruf beendet: „Ein Avatar kann doch keinen Mord begehen!" Unzulässig so etwas, dachte Michael! Eine Rüge wäre das Mindeste, was er hätte aussprechen können. Aber er tat es ausnahmsweise nicht.

In den letzten 40 Jahren, in denen Avatare die verschiedensten Aufgaben übernommen hatten, gab es nichts Zuverlässigeres. Sie galten als der Inbegriff der Perfektion, die ihnen allerdings von den Programmierern „eingepflanzt" wurde. Die Tatsache, dass zu ihrem roboterhaften Androidenkörper noch ein echter menschlicher Geist gehörte, machte ihr Verhalten erst perfekt. Denn die Avatare waren in der Lage, ihr Tun zu reflektieren, und diese Eigenschaft setzten sie voll im Geiste ihrer Programmierung ein. Wenn sie „aus Versehen" einen Fehler begingen – an einem Unfall ursächlich beteiligt zu sein oder mit ihren den Menschen weit überlegenen physischen Kräften jemanden verletzten – dann meldeten sie es sofort und stellten sich ohne Widerrede der Untersuchung. Aber MORD war noch NIE vorgekommen.

Es hatte lange gedauert, bis die Menschheit so weit gekommen war, die Avatare zu akzeptieren. In den ersten 20 Jahren, in denen die Avatare von *Dolphin* auf der Erde eingesetzt wurden, war die Skepsis noch groß, obwohl der Bedarf vorhanden war. Es fehlten auf der ganzen Welt Fachkräfte, vor allem im IT-Bereich, aber auch in analog bestimmten Berufen. Die Industrie und Wirtschaft ergriffen bereitwillig diese Alternative, aber die Menschen behandelten die Avatare vorerst sehr zurückhaltend bis hin zu feindselig. Nicht wenige sahen in ihnen nur Sklaven, die ohne Rechte den Menschen dienen sollten, und setzten sich für ihre Verwendung in vor allem sogenannten „menial jobs", minderwertigen Arbeiten, ein. Sie befürchteten, dass ihnen diese in vielerlei Hinsicht überlegenen Wesen schaden könnten.

Dolphin hatte von Anfang an vor dieser Haltung gewarnt. Die Firma erinnerte an die ersten Avatare, die auf den Mars geschickt wurden. Die hatten sich von der Erde losgesagt und den Mars in Besitz genommen, gerade weil man sie so behandelt hatte.

Bis zur gleichberechtigten Anerkennung der Avatare auf der Erde vergingen weitere zehn Jahre. Es hätte noch länger gedauert, wäre das Verhältnis zu den Marsavataren mittlerweile nicht so gut gediehen. Es gab also schon eine Vertrauensbasis, die die Grundlage stärkte.

Dies entwickelte sich insbesondere nach den fürchterlichen Kriegsjahren auf der Erde, die die Menschheit fast in den Abgrund gerissen hätten. Inzwischen wurden alle strategischen Atombomben auf der Welt abgeschafft. Nachdem viele Großstädte in Russland, China, den USA, Europa und anderen beteiligten Ländern restlos zerstört wurden, kehrte endlich die Einsicht ein, dass Krieg mit solchen Mitteln niemals einen Gewinner hervorbringt.

London wurde verschont, weil die Briten die Weitsicht besessen hatten, sich an dem Weltkrieg nicht zu beteiligen, obwohl sie der NATO verpflichtet gewesen wären. Sie vertraten aber den Standpunkt, dass Atombomben nicht dazu gehörten.

So blieb auch das *Dolphin* Gelände in Swords, Irland, erhalten und die Arbeit an der Avatar-Technologie konnte weitergeführt werden. Als eines Tages die Algorithmen der Graak geknackt wurden, konnte man diese Technologie endlich nach eigenen Vorstellungen nutzen.

***

Den Befehl hatte er erst vor kurzem erhalten. Als Avatar hatte er bis zu diesem Zeitpunkt in harmonischem Einverständnis zwischen seiner Programmierung und seinem menschlichen Geist gelebt. Sein Pendant, das in der ersten Hälfte des Jahrhunderts gelebt hatte und dessen Erinnerungen er besaß, war ein gesetzestreuer Bürger gewesen. Die Programmierung, die er als Avatar erfahren hatte, deckte sich mit dessen ethisch-moralischer Einstellung. So war ihm nicht bewusst, dass im Grunde die Programmierung für die absolute Zuverlässigkeit der

Avatare verantwortlich war. Sie traf lediglich in der menschlichen Seite der Avatare auf fruchtbaren Boden.

Die Veränderung in seinem Programm brachte ihn für kurze Zeit innerlich durcheinander. Aber er grübelte nicht lange darüber nach. Schnell war sein Geist nicht mehr in der Lage, den erhaltenen Befehl zu reflektieren. Er stellte nichts mehr in Frage. Er war ein Avatar, dessen menschliche Seite ausgeschaltet war. Lediglich die Motorik und das Sprachzentrum funktionierten noch. Niemand da draußen würde die Veränderung bemerken.

Brian war ein hochqualifizierter Helikopter Pilot, der auch im Kundendienst und der Reparatur der Flugobjekte mithalf. Heute sollte er mit einem wieder hergestellten Kopter einen Probeflug machen. Niemand wunderte sich über den etwas lang andauernden Flug, denn man wusste von der Begeisterung dieses Avatars.

Was in der Vincent Road geschah, geschah roboterhaft. Ohne Probleme war er plötzlich in der Lage, den Code des Anwesens zu knacken, seinen Auftrag ohne jedwede Reflexion zu erledigen und den Türcode so einzustellen, dass seine Anwesenheit nicht mehr nachzuvollziehen war. Zurück am Flughorst schwärmte er bei seinen menschlichen Kollegen vom reparierten Helikopter.

***

Charles' Arbeitsplatz war London, aber richtig heimisch fühlte er sich dort nicht. Als er in Swords „eingeschaltet" wurde, war ihm London nur dadurch vertraut, dass ihm der genaue Stadtplan einprogrammiert wurde, zusammen mit all dem Wissen und den Regeln, die er im Dienste der Menschen befolgen musste. Diese Programmierung übertraf in der Wertigkeit all das Wissen und die Charakterprägung, die er von seinem menschlichen Pendant, Charles Mannahan, geerbt hatte. Deshalb wäre er niemals imstande gewesen, einen Menschen zu töten. Er fragte sich, wer so dreist – oder dumm? – war, ihm das anzuhängen. Die entsprechenden Behörden, beginnend mit *Dolphins Android Centre* in Swords, wo er „hergestellt" wurde, bis hin zum einfachsten Polizeibeamten würden niemals glauben, dass er ein Mörder sei. Ein Ding der Unmöglichkeit! Und dennoch warnte ihn sein Instinkt, den ihm Mannahan vererbt hatte, davor, sich auf diese Prämisse zu verlassen.

So entschied er sich, nach Irland zurückzukehren. Nicht aber nach Swords, wo Charles Mannahan vor mehr als fünfzig Jahren über Jahre hinweg von Anfang an am Avatar-Projekt mitgearbeitet hatte, bis er sogar zum *Dolphin*-Boss hochgestiegen war. Swords war immer noch das Zentrum der „Avatar-Welt" und es wimmelte nur so von Avataren, Androiden und dort Beschäftigten wie in einem Bienenstock.

Es zog ihn vielmehr in seine „Heimat". Nachdem er seine Programmierung insofern hintangestellt hatte, als er das Procedere des sich Stellens überging, übernahmen Mannahans Erinnerungen und ja – waren es wirklich Gefühle? – die Oberhand.

Eine Sache musste er jedoch noch dringend erledigen. Da er flüchtig war und als Hauptverdächtiger gesucht werden würde, dürfte man ihn jetzt wohl doch über GPS orten. Er musste den Chip loswerden, der zwar seine Grundprogrammierung enthielt, über den man ihn aber orten konnte. Der menschliche Geist Charles Mannahans, den man dem vorprogrammierten Androiden hinzugefügt hatte und der ihn zum Avatar Charles werden ließ, machte diese Programmierung insofern nicht unerlässlich, als er die vorgesehenen Verhaltensweisen über seine bisherige Erfahrung als Avatar bereits beherrschte.

Es war nicht einfach, den Chip zu entfernen. Das glich einer Selbst-OP, die man nur in der Not an sich vornehmen würde. Diese Not war nun da. Die meisten Avatare wären aber dazu nicht in der Lage gewesen. Als ehemaliger *Dolphin*-Boss hatte Charles Mannahan allerdings oft genug zugesehen, wie man diesen Chip ein- oder ausbaute. Klassisch, mit Hilfe eines Handspiegels, vollzog er den Schnitt in seiner künstlichen Haut und entfernte vorsichtig den Chip. Jetzt war er frei. Er hatte nun den gleichen Status wie all die Avatare auf dem Mars, denen der Chip entfernt wird, sobald sie das Avatar-Territorium betreten.

Während er sich im automatisch gesteuerten Bus Ballinasloe, dem Geburtsort seines menschlichen Pendants, näherte, merkte er immer mehr, wie vertraut ihm die Gegend war samt der Erinnerung an die dort verbrachte Kindheit und Jugend seines menschlichen „Zwillings". Dessen Eltern besaßen eine Farm in der Nähe, wo sie außer den obligatorischen Schafen, die damals fast jeder Farmer in Irland besaß, auch Pferde züchteten, vor allem irische Tinker. Sie waren sehr begehrt auf dem alljährlichen Pferdemarkt, der berühmt war im ganzen Land und der zusammen mit dem dazugehörigen Jahrmarkt, auf dem man alles kaufen konnte, was mit Pferden zu tun hatte – von der Gerte bis hin zu den Reitstiefeln – von Oktober bis in den November hinein die Besucher in seinen Bann zog.

Besonders ein Ereignis hatte sich in die Erinnerung Mannahans eingeprägt: wie er als Kind das Shetland Pony, das sein Vater gegen einen Tinker eingetauscht hatte und Charles zum Geburtstag schenkte, ohne Sattel heimreiten durfte. Avatar Charles erinnerte sich daran, als sei es gestern geschehen. Für kurze Zeit, während der Fahrt, freute er sich auf das Wiedersehen mit dem Ort. Er befragte in Gedanken das Internet über Ballinasloe und erfuhr, dass es den Pferdemarkt als Jahrmarkt nicht mehr gab, da man vor allem die irischen Tinker für die Arbeit auf dem Feld nicht mehr brauchte. Der Ort taugte nur noch als touristisches Erholungsgebiet, vor allem für Bootsausflügler, die vom Shannon River über den Fluss *Suck* in den Ort gelangten, der bequeme Übernachtungen anbot.

So oder so hätte Charles nicht in dem Ort bleiben können, nicht einmal in der Nähe der ehemaligen elterlichen Farm, die es nicht mehr gab. Dort hätte man zuallererst nach ihm gesucht. Aber das *County Galway,* zu dem Ballinasloe gehörte, erstreckte sich weiter westlich bis hin zur Küste, eine ländliche Gegend, die genauso rar besiedelt war wie vor fünfzig Jahren. Er würde eine kleine verlassene Farm finden, wo ihn niemand auch nur erahnen konnte. Alles, was er brauchte, war ein Stromanschluss, um seinen Androidenkörper regelmäßig laden zu können. In einer Welt, in der durch die Fusionsreaktoren Energie im Überfluss vorhanden war, machte sich niemand die Mühe, den Verbrauch der ehemaligen Farmen zu überprüfen oder gar deren Leitungen zu kappen.

***

Nfhs'ʒ'ts'ʒ'xs'ʒ' xs'ls' qrs'ʒ?	„Muss die Maßnahme so extrem sein?"
Jʒ'nyvx's'fts' eʒ'q yljlboʒ's'yv v brnve.	„Sonst reagieren die Menschen nicht."
Ts'ln.	„Gewöhnungsbedürftig."
Mredr gfyvof.	„Geht nicht anders."

***

„Wir haben ein sehr ernstes Problem!" Ohne irgendeine Anredefloskel kam Nigel Parish zur Sache. Der Chief CEO des *Dolphin* Unternehmens machte damit klar, dass er ab sofort Lösungen von seinen Angestellten erwartete. Im *Dolphin Android Centre* in Swords herrschte ohnehin schon den ganzen Vormittag helle Aufregung. So etwas konnte nicht wahr sein! Seit Jahren wurden die Avatare auf dieselbe Art „produziert" und niemals war etwas Unerwartetes geschehen. Man war davon ausgegangen, dass die Programmierung in Ordnung sei. Nach der Entschlüsselung der Graakschen Algorithmen konnte man sie aus Sicht der Menschen sogar noch perfektionieren!

„Ich will, dass Sie eine Task Force bilden, die sich als erstes mit den möglichen Ursachen dieser Fehlfunktion auseinandersetzt! Gehen Sie zurück zu den Anfängen! Überprüfen Sie Charles Mannahans Leben! Vielleicht war er doch ein Mörder. Danach müssen wir sicherheitshalber alle menschlichen „Wirte" überprüfen! Die Existenz des Unternehmens steht auf dem Spiel! Und dass daran eure Arbeitsplätze hängen, muss ich euch nicht sagen!"

Die über fünfzig Jahre alten Datenbänke wurden aufgerufen und durchforstet. Und auch wenn Androiden für diese Arbeit eingesetzt wurden, weil sie viel schneller als Menschen waren, würde es lange dauern, bis der Check beendet wäre.

Groß war die Enttäuschung aber gleichzeitig auch die Erleichterung, als man vorerst überhaupt nichts Verdächtiges in Mannahans Leben fand! Dadurch, dass er *Dolphin*-Boss gewesen war, gab es über ihn sogar mehr Daten als beim Durchschnitt aller „Wirte". Das Problem musste also woanders liegen! Aber wo?

Mars

„Ich verstehe nicht, was die Graak vorhaben! Sie haben ihre Raumschiffe in der Umlaufbahn Ganymeds, dem Jupiter-Mond, geparkt. Worauf warten die denn?" Tony wirkte schon seit Tagen sehr beunruhigt. Er war verantwortlich für die Verteidigung des Planeten, hatte sich auf den Angriff der Graak gut vorbereitet und wünschte sich im Grunde nichts sehnlicher, als dass die Graak angriffen.

„Ich verstehe das auch nicht", erwiderte Jens, „aber ich habe einen bösen Verdacht: vielleicht erhoffen sie sich einen taktischen Vorteil, wenn sie ausgerechnet zu dem Zeitpunkt angreifen, an dem das Frachtschiff der Erde landet. Vielleicht haben sie es auf die neuen Avatare abgesehen. In den letzten Jahren wurden diese bereits auf der Erde „aktiviert".

„Den Verdacht habe ich auch", ergänzte Evelyn. „Wir hatten uns schon gewundert, weshalb die Graak, außer uns kriegerisch anzugreifen, nichts anderes versuchen. Ihre Angriffe sind bisher kläglich gescheitert und ergeben deshalb keinen Sinn mehr. Vielleicht wollen sie eine neue Taktik anwenden."

Ashley wandte sich von ihrem Computer ab, was sie nur selten tat. Außer der notwendigen Nachtruhe brachte sie nichts dazu, sich von diesem Platz zu entfernen. Die anderen akzeptierten das nicht nur, sondern waren sogar sehr zufrieden damit. Denn niemand beherrschte den IT-Bereich besser als sie:

„Ich sehe trotzdem ein Problem. Das Erdenschiff landet heute im Laufe des Sols. Aber die Graak sind immer noch in der Umlaufbahn von Ganymed. Selbst wenn sie sofort starten, sind sie erst morgen hier und hätten keinen Zugriff auf die neuen Avatare, die sich bis dahin uns angeschlossen hätten ... Also doch wieder nur Krieg?"

Die vier Avatare, die zur ersten Generation gehörten, sahen sich verunsichert an. Nach einigen Minuten des Schweigens wandte sich Jens an Tony: „Gut, dann bleiben wir bei Plan A. Ergänze zur Sicherheit die Verteidigungsstrategie um den Schutz des Frachtschiffs! Sorge dafür, dass unsere neuen Mitbürger sicher zur Stadt geleitet werden! Einverstanden?"

„Ja klar", antwortete Tony und verließ den Raum.

Die *Prospector* landete planmäßig im vorgesehenen Sektor, wo die vertragsmäßig bereitgestellten Bodenschätze abgeholt werden sollten. Zwei Mal im Jahr sandte *Galaxy Industries* ihre zwei Raumschiffe abwechselnd zum Mars, um die wertvolle Fracht abzuholen, auch wenn die Reise der unbemannten Raumschiffe wegen der ungünstigen Position zum Mars manchmal sehr lange dauerte. Nur alle zwei Jahre war ein Startfenster so günstig, dass ein Schiff den Mars in drei Monaten erreichen konnte. Der perfektionierte Ionenantrieb und die Mondstation, wo die Raumschiffe ihre Reise starteten, machten ein lohnendes Geschäft für das Raumfahrtunternehmen möglich.

Auch dieses Mal waren „neue" Avatare an Bord, zwanzig an der Zahl – die Bezahlung für die Lithiumfracht des letzten Jahres.

Dieses Mal sollte Kobalt geladen werden. Auf der Erde herrschte immer noch großer Bedarf an Batterien. Fossile Brennstoffe wurden seit vielen Jahren nicht mehr genutzt. Die Entdeckung der für die Batterien erforderlichen Rohstoffe auf dem Mars hatte diese Entwicklung erheblich beschleunigt.

***

„Sie wollen sich den Chip nicht entfernen lassen", meldete Ashley in ihrer typischen ruhigen Weise. Dabei war diese Meldung durchaus ungewöhnlich, ja regelrecht aufregend. Seit fünfzig Jahren war das die normale Vorgehensweise und kein Avatar hatte jemals diesen Vorgang in Frage gestellt. Die Argumente der Marsianer waren überzeugend. In erster Linie das eine: Unabhängigkeit.

Zwangsweise wurde das zuletzt gemacht, als die „Zweite Generation" unter dem Einfluss der Graak-Programmierung die Erstbewohner verdrängen wollte. Damals aber waren jene Neuankömmlinge letztlich froh, dass man ihre Chips entfernt hatte, denn ihre menschliche Seite wurde davor zu offensichtlich unterdrückt. Ohne diesen Chip konnten sie sich umgehend in die Gesellschaft der Mars-Avatare integrieren. Diese hatten sich seinerzeit nur durch die Entfernung der Chips die Unabhängigkeit von den Menschen gesichert.

„Einer der Neuen hat Yashas Arm verletzt, als sie versuchte, ihm den Chip zu entfernen. Seitdem baumelt ihr Arm funktionslos vom Ellenbogen herab."

„Das ist aber merkwürdig! Wurde der Neue nicht darüber informiert, weshalb es sinnvoll ist, seinen Chip entfernen zu lassen?" Jens wunderte dieser Vorfall mehr, als dass ihn der Schaden an Yasha beunruhigte. Seit langem schon hatten sie ein „Krankenhaus", das in der Lage war, einen verletzten Avatar wieder herzustellen. Gewalttätige Handlungen der Neuankömmlinge hatte es aber noch nie gegeben. Gewalt unter Avataren war ein No-Go und schon aufgrund der ursprünglichen Programmierung unmöglich!

„Ja, wir müssen sie diesbezüglich befragen", entgegnete Ashley. „Sie ist mittlerweile bei der Reparatur", ergänzte sie nüchtern.

Während der behandelnde „Arzt" Yashas Arm zurechtflickte, berichtete sie von dem Vorfall: „Natürlich habe ich ihm erklärt, dass wir auf dem Mars eine Gesellschaft gegründet haben, die sich bewährt hat, und eine Grundvoraussetzung dazu sei die Entfernung des Chips, der in vielerlei Hinsicht den Avatar dazu bestimmt, den Menschen zu dienen. Dies sei aber auf dem Mars nicht nötig und behindere die Entscheidungen im Allsol."

Jens hörte sich das an, obwohl er ohnehin wusste, dass Yasha mit Sicherheit nichts falsch gemacht hatte. Vielmehr war er daran interessiert, aus welchem Grund der Avatar so gewalttätig geworden war.

„Ich kann mir den Vorfall nicht erklären. Als er keine Antwort gab, nahm ich an, dass wie immer in den letzten fünfzig Jahren alles klar war und wollte mit der Entfernung des Chips beginnen. Ohne ein Wort zu sagen, entzog er sich mir und verdrehte auf aggressive Art meinen Arm, sodass er aus dem Gelenk sprang. Danach ging er ebenfalls wortlos aus dem Raum. Niemand weiß wohin.

Seit diesem Vorfall wurde kein Versuch mehr unternommen, die Chips aus den Neuen zu entfernen."

„Merkwürdig", erwiderte Jens grübelnd. „In gewisser Hinsicht erinnert mich das an eure Ankunft damals, Yasha, als ihr ebenfalls feindselig uns gegenüber wart. Damals endete diese Feindseligkeit in einem regelrechten Krieg zwischen uns und euch Neuankömmlingen."

„Ja", antwortete Yasha, ebenfalls in Gedanken versunken. „Wir standen unter dem Einfluss einer aggressiven Graak-Programmierung, die von uns verlangte, das Kommando auf dem Mars zu übernehmen. Zum Glück wart ihr uns zahlenmäßig und moralisch überlegen."

„Danke Yasha, wir werden dieser Angelegenheit nachgehen müssen." Ohne sich zu verabschieden, ging Jens aus dem „Behandlungszimmer". Er war beunruhigt. Dass die Graak wieder angegriffen hatten und offenbar dabei waren, wieder anzugreifen, daran hatten sich die Marsianer gewöhnt. Aber die eigene „Spezies" wieder als Gegner zu haben, war keine angenehme Aussicht. Und schon gar nicht zu diesem Zeitpunkt, an dem die Graak in der Nähe warteten. „Aber worauf denn?", fragte sich Jens und begab sich zurück in die Zentrale.

***

„Die ‚Neuen' haben Raum 17 besetzt und lassen sonst niemanden rein", meldete Tony in seiner etwas hektisch wirkenden Art. „Außerdem wissen wir nicht genau, wie viele es sind. In den Wirren nach dem Angriff auf Yasha verließen mehrere derjenigen, deren Chips entfernt werden sollten, die Stadt."

„Sowas habe ich befürchtet", erwiderte Jens. „Woran erinnert uns das?"

„Mmh ...", murmelte Tony vor sich hin. „Glaubst du das wirklich? Es gibt doch keine Graak mehr auf der Erde! Wie sollten sie die neuen Avatare manipulieren?"

„Ja, das beschäftigt mich auch", antwortete Jens nachdenklich. „Oder ..."

„Oder was ...", griff Tony etwas ungeduldig ein. Dann aber stutzte er auffällig: „Die Menschen? ... Nein, das kann ich mir nicht vorstellen ..." Unsicherheit machte sich in seiner Stimme bemerkbar, nur soweit, dass ein Avatar wie Jens es bemerken konnte.

„Was gibt es denn für eine andere Erklärung? Du sagst es selbst: wie sollten die Graak in der Lage sein, die Neuankömmlinge zu beeinflussen?" Auch Jens' Stimme klang beunruhigt. „Ich frage mich andererseits, warum sich die Graak wieder in unsere Richtung bewegen und bei Ganymed abwarten?" Er sah Tony eindringlich an, so als wollte er ihm signalisieren, dass diese Spekulation gar nicht so fragwürdig sei.

„Noch wissen wir nichts Genaues. Leider können wir keine Möglichkeit ausschließen", gab Tony sichtlich verunsichert zurück.

„Hat das Erdenschiff die Bodenschätze geladen?", fragte Jens unvermittelt.

„Ja", antwortete Tony kurz und knapp.

„Dann gib ihnen die Starterlaubnis. Am besten sie fliegen sofort zurück. Wir können uns jetzt nicht auch noch um sie kümmern. Konzentrieren wir uns voll und ganz auf unser Problem hier. – Und behaltet Ganymed im Auge!"

„Okay", gab Tony im betont amerikanischen Slang zurück. Das war seine leicht ironische Reaktion auf das, was er manchmal als Befehl empfand. Ganz ernst gemeint war es aber nicht. Im Laufe der Jahrzehnte hatte er sich mit seiner Rolle abgefunden.

Erde

Für Charles bedeutete das chiplose Dasein keine Änderung in seiner Einstellung. Nun war er allerdings allein auf seinen Charakter, den er von Charles Mannahan geerbt hatte, angewiesen. Und Charles Mannahan wäre seinerzeit nicht zum *Dolphin*-Boss aufgestiegen, hätte er nicht noch „Qualitäten" gehabt, die ihm das Handeln am Rande des Legalen ermöglicht hätten.

„Mal schauen", murmelte Charles vor sich hin, als er sich in das Verkehrsüberwachungsnetz der Stadt London hackte und in seinem internen Notizblock verdächtige Vorgänge festhielt.

„Zur fraglichen Zeit vierzig Flüge, die in einem Radius von zwei Kilometern gelandet sind", dachte er laut vor sich hin, wie jemand der hochkonzentriert an etwas arbeitet. „Dreißig Taxi-Flüge – mmh, meiner inklusive – und zehn verschiedene ... Mal sehen, was das für welche waren ..."

Plötzlich weckte eine ergänzende Bemerkung seine Aufmerksamkeit. Es gab einen Helikopter Testflug, bei dem keine Landung vorgesehen war. Die Ergänzung begründete die Landung mit einem kurzfristig notwendig gewordenen Test.

„Ja, ja, eine nicht vorgesehene Landung!", rief Charles aus, als wollte er es allen im Raum hinausposaunen. Er spürte eine leichte innere Erregung, die er bis dahin auch nicht gewohnt war.

Er musste nun einen Plan fassen! Wenn dieser Brian der Mörder war, dann war es von Nöten, sehr vorsichtig zu sein. Denn die Frage, wie ein Avatar fähig war, einen

Menschen zu töten, stand immer noch beunruhigend im Raum. Und Charles konnte sich keine Antwort darauf vorstellen.

Als die Übertragung der Summe seiner Erinnerungen und Gedanken in den Androidenkörper vollendet war, gab es für das Avatar-Team, das diese Prozedur vornahm, keinen Hinweis darauf, dass Avatar Charles für eine besondere Aufgabe vorgesehen war. Mannahan hatte es zu Lebzeiten selbst so bestimmt. Als *Dolphin* Chef war er an der Spitze eines Weltkonzerns gewesen, eine Position, die er sich von ganz unten erarbeitet hatte. Er wollte später als Avatar nicht wieder dasselbe tun. Vielmehr das Gleiche. Das heißt, er war gespannt darauf, was ihm das Leben als Avatar Neues bescheren und auf welchem Gebiet er sich wieder emporarbeiten konnte. Und dazu würde ihm mehr als nur ein Menschenleben zur Verfügung stehen.

Mittlerweile war er als Avatar dreißig Jahre im Dienstleistungsbereich tätig gewesen und sein früheres Leben als *Dolphin* Chef nur noch eine Erinnerung. Eine Erinnerung, die nun auftauchte und ihm weiterhalf. Es war ihm klar, dass er seine Untersuchungen an der Quelle beginnen müsse. In Swords, dem *Dolphin*-Zentrum. Dort kannte er sich aus. Auch wenn sich im Laufe der Zeit natürlich einiges verändert hatte. Viele Abläufe waren inzwischen zu hundert Prozent automatisiert. Was früher menschliche Spezialisten erledigten, wurde nun von Avataren erledigt. Meistens als deren Pendants.

Charles war durchaus klar, dass er sehr vorsichtig sein musste. Man würde ihn zwar nicht „erkennen", da er den

Chip entfernt hatte, der ihn an Kontrollstellen verraten hätte, aber das war gleichzeitig das Problem. Ohne Chip würde man ihn ebenfalls festnehmen. Es war Avataren nicht erlaubt, sich den Chip entfernen zu lassen. Das würde jede automatische Kontrollstelle sofort melden.

Aber Charles war eben der ehemalige Mannahan. Er kannte die kleinen Lücken im Überwachungssystem, um die man sich nie gründlich gekümmert hatte, da man davon ausging, die Avatare ganz im Griff zu haben. Ein auf seinem nun losen Chip zusammengebasteltes Signal einer gehackten Avataridentität würde genügen, um jede Kontrollstelle passieren zu können.

Der *Dolphin* Campus war riesig. 30.000 Quadratmeter, man durfte sich innerhalb des Geländes nur mit dem Shuttle-Service bewegen. Private Fahrzeuge waren wie zu Mannahans Zeiten nicht erlaubt. Anhand seines gehackten Signals wurde er automatisch an seinem „Arbeitsplatz" abgesetzt. Es war das ehemalige *Shark*-Gebäude, seit der Entlarvung des damaligen *Dolphin*-Bosses, Ajith Ansari, dem Graak-Spion, in *Android Centre* umbenannt.

Was ihm auffiel, war, dass im Unterschied zu früher rund um das *Android Centre* viel Unruhe herrschte.

Im Gebäude selbst hatte sich in den unteren Geschossen äußerlich nicht viel verändert. Wozu die vielen kleinen Räume jetzt dienten, die seinerzeit zur Betreuung der VMTU-Kunden genutzt wurden, wusste Charles nicht. Aber in den oberen Geschossen kannte er sich aus. Dort wurden die Androiden und in einem weiteren Programmierverfahren die Avatare konzipiert. Schon zu Mannahans Zeit als *Dolphin* Boss wurden im nördlichen Bereich des Geländes, das vom *Broad Meadow River* begrenzt wurde, die Produktionshallen eingerichtet.

Charles' „gehackter" Arbeitsplatz war bei den Programmierern. Er wusste, dass ihm nicht viel Zeit übrigblieb. Die Sicherheitsvorkehrungen bezüglich der ID-Signale der Avatare waren nicht besonders hoch. Man traute den Avataren diesbezüglich keine Vergehen zu. Dennoch würde man das gefälschte Signal bald entdecken, vor allem da der eigentlich berechtigte Avatar durch Charles' Hackvorgang die Zugangsberechtigung verloren hatte und dagegen vorgehen würde.

Zwar konnte man Avatare in der Regel nicht voneinander unterscheiden, sie selbst aber waren nach einer gewissen Zeit in der Lage, sich zu erkennen. Charles hatte sich eine Schildmütze aufgesetzt in der Hoffnung, seine „Arbeitskollegen" würden nicht so genau hinschauen.

Wie üblich grüßte man sich nicht, wenn man sich traf. „Wir haben immer noch keinen Wirt entdeckt, der verdächtig wäre", berichtete ihm gezielt ein Avatar. Charles begriff sofort. Er selbst hatte wohl eine leitende Position.

„Ich möchte einen tieferen Ansatz verfolgen. Bis hin zur Programmierung", entgegnete er. Sein Gegenüber zögerte einen Augenblick lang. Charles fügte schnell hinzu: „Deshalb bin ich in den nächsten paar Stunden nicht zu sprechen. Verstanden?" Erneut etwas zögerlich gab der Avatar kurz „In Ordnung. Verstehe …" zur Antwort und entfernte sich.

Vor 50 Jahren arbeiteten hier noch Menschen, und wie bei ihnen üblich, waren alle Türen beschriftet und mit Zugangscodes versehen. Charles wusste das und hatte sich erhofft, dass inzwischen, da hier nur noch Avatare beschäftigt waren, die Zugangscodes abgeschafft wurden. Stattdessen waren die Zugangsberechtigungen hoffentlich in den Signalen der Avatare integriert. Das wäre im Hinblick auf die Sicherheitsstandards sinnvoller. Da er keine entsprechenden Vorrichtungen an den Türen in der Umgebung sah, war er schon mal erleichtert in dem Maße, in dem ein Avatar dazu emotional in der Lage war.

Es gab aber noch etwas, das Charles befürchtete. Da die meisten Avatare hier Abkömmlinge der vormals beschäftigten Ingenieure waren, bestand die Gefahr, dass auch die Beschriftungen der Türen abgeschafft wurden. Die roboterhaften Gehirne der Avatare wären durchaus in der Lage gewesen, sich die Zugänge auch ohne Beschriftung zu merken. Aber zum Glück wirkte hier eine andere ihrer Eigenschaften: Sie kümmerten sich nicht um kleinliche Details, wie zum Beispiel die Abschaffung der Beschriftung der Türen.

So entdeckte er bald den Raum „Programmierung". Charles trat ein und was er sah überraschte ihn, obwohl er es sich hätte denken können. Es befand sich kein Avatar, geschweige denn Mensch, im Raum. Mitten im Raum thronte ein großer Quantencomputer. Charles schätzte ihn auf drei Kubikmeter bei gleichen Außenmaßen. Es gab keine Wände als Begrenzung, man konnte in sein Inneres schauen. Statt der Kupferdrähte, die vor 50 Jahren die ersten Prototypen durchzogen, sah man äußerst dünne Glasfasern.

„Die ideale Automatisierung", bestätigte sich Charles in Gedanken. „Um fortschrittliche Algorithmen zu kreieren, eignet sich ein auf Algorithmus basierender Computer am besten."

Rechts an der Wand leuchtete in verschiedensten Farben ein Riesenbildschirm. Man musste ein paar Schritte Abstand halten, um alle Rechenvorgänge, die angezeigt wurden, zu überblicken. Ein Laie hätte mit den Algorithmusreihen nichts anfangen können. Charles bezweifelte, dass selbst ein menschlicher IT-Ingenieur so schnell mitdenken konnte. Dass auf der Programmierebene nur Avatare beschäftigt waren, die mit ihren Computerhirnen viel schneller als Menschen denken konnten, war nachvollziehbar.

Charles versuchte, sich gedanklich in die Rechenvorgänge einzuklinken. Nach einiger Zeit konnte er den Algorithmusreihen folgen. Langsam erkannte er sogar, worauf der Rechenvorgang hinauslief und berechnete in Gedanken blitzschnell den folgenden Algorithmus im Voraus. Offenbar war der Computer dabei, einen neuen Avatar zu programmieren. Die Erinnerungen und die damit verbundenen „korrigierten" Emotionen des Wirts wurden in die Androidenprogrammierung eingefügt. Ein Avatar war ein programmierter Roboter. Nichts konnte seine Programmierung überdecken. Auch nicht die menschlichen Eigenschaften, die zugefügt wurden. Diesen Vorrang der Programmierung sicherte der Chip, der jedem Avatar implantiert wurde.

Der Quantencomputer war offensichtlich gerade dabei, den Chip für den neuen Avatar fertigzustellen.

Da fiel Charles plötzlich etwas auf! Am Anfang wusste er nicht, was ihn störte. Dann aber sah er nur noch den Eindringling! Der komplizierte Wechsel zwischen terminierenden und nichtterminierenden Algorithmen wurde durch eine kurze Reihe unterbrochen, die immer wieder die gleiche Zahl aufwies: SIEBEN.

Laienhaft ausgedrückt, war das so, als würde in einer Szene in einem Film immer wieder ein Bild aufblitzen, das da nicht hineingehört. Zu seinen Menschzeiten war das eine Zeit lang eine subtile Methode der Beeinflussung durch die Werbung, bis es verboten wurde.

Was die Zahl SIEBEN bewirkte, wusste Charles nicht. Aber er wusste sofort, dass das nichts Gutes bedeutete. Er musste den Vorgang stoppen! Neben dem Bildschirm befand sich ein Display mit nur einer Anzeige: ein großer roter Punkt. Von jeher bedeutete das: STOPP!

Ohne weiter zu überlegen, berührte Charles die Anzeige. Ein schriller Dauerton erklang und auf dem Display erschien die Aufforderung, innerhalb von 10 Sekunden den Befehl rückgängig zu machen. Ansonsten würde die gesamte Programmierung verloren gehen.

Als er den Raum verließ, kamen ihm drei Avatare entgegen. Charles stellte sich breitbeinig vor die Ankommenden und sagte in merklich verärgertem Ton, etwas das unter den Avataren selten vorkam: „Seit wann wurde der automatisierte Programmiervorgang nicht mehr überprüft?"

„Seit Jahren ist nicht vorgesehen, den Programmiervorgang zu überprüfen", antwortete einer der Dreien, der nach Charles' Eindruck forscher als die anderen auf ihn zutrat. „Was haben Sie in dem Raum verstellt?", fragte er noch forscher.

Charles überlegte blitzschnell, wie es von dem Avatar möglich war, sich einem Vorgesetzten gegenüber so zu verhalten. Zumindest ging er davon aus, dass er selbst dessen Vorgesetzter war. Er bemerkte aber auch, dass die Zwei anderen ihren Sprecher mit Erstaunen ansahen.

„Ich habe den Vorgang der Avatar-Programmierung unterbrochen, da ich einen Fehler festgestellt habe", erwiderte er betont ruhig und selbstbewusst.

„Was für ein Fehler?", kam postwendend in einem nun deutlich aggressiven Ton, der unter den Avataren nicht üblich war.

Charles war sich nun sicher, dass hier etwas nicht stimmte. Er beschloss, sich nicht einschüchtern zu lassen, obwohl er selbst ja der Eindringling war und in jedem Augenblick hätte entlarvt werden können. „Dazu muss ich Ihnen nichts sagen! Ich werde das im Leitungsteam besprechen. Die Angelegenheit muss erst noch geklärt werden."

Ohne ein Zeichen der Vorwarnung sah sich Charles plötzlich von seinem Gegenüber einem körperlichen Angriff ausgesetzt. Avatare griffen normalerweise niemals einen anderen Avatar physisch an. Das verbot die Programmierung. Was sie allerdings konnten und durften, war, physische Auseinandersetzungen zu schlichten.

Charles reagierte instinktiv. Als der Angriff kam, wehrte er den ersten Schlag blitzschnell ab, indem er einen Schritt zur Seite machte und seinen Angreifer ins Leere laufen ließ, sodass dieser fast hingefallen wäre. Charles ging auf ihn zu und stieß ihn um, bevor der sich wieder ganz aufrichten konnte. In diesem Augenblick wunderte er sich über sich selbst und hielt sich sofort zurück, ohne das kleinste Zeichen von Aggressivität zu spüren. Mittlerweile hatten sich auch die zwei anderen Avatare dazwischen gestellt und verhinderten auf diese Weise jede weitere physische Auseinandersetzung.

Der Angreifer überlegte nicht lange. Entschlossen verließ er den Kampfplatz, nicht ohne im Vorbeigehen Charles einen stechenden Blick zuzuwerfen.

„Tut uns leid, Sir, wir können uns das nicht erklären. Sie beide haben doch in letzter Zeit so eng zusammengearbeitet. Bestimmt ist etwas mit seinem Chip nicht in Ordnung. Vielleicht ist es ganz gut, dass Sie die Programmierung unterbrochen haben … In letzter Zeit häufen sich die Berichte, dass sich Avatare aggressiv verhalten. Ganz zu schweigen von dem Mord, der hier alle in Aufregung versetzt hat. Vielleicht haben Sie den entscheidenden Fehler entdeckt. Keiner hat bisher an der seit Jahrzehnten vollautomatischen Programmierung gezweifelt. Sollen wir den Vorfall melden oder tun Sie das?"

Wieder musste Charles blitzschnell überlegen, was nun geschehen sollte. „Ich kümmere mich drum. Sie achten bitte darauf, dass niemand den Programmierraum betritt, bis der Sachverhalt geklärt ist."

Ohne sich zu verabschieden, verließ Charles den Ort des Geschehens. Es war ihm klar, dass er nun möglichst bald verschwinden musste. Er hatte genug erfahren. Im Augenblick konnte er hier nichts mehr tun. Trauen konnte er ohnehin niemandem. Langsam wurde ihm klar, welche Dimensionen die Angelegenheit hatte. Und langsam wurde ihm klar, welchen Vorteil es hatte, dass seine Programmierung nicht mehr an Verhaltensgrenzen gekoppelt war.

Als er das Gebäude verließ, wartete bereits ein automatischer Shuttle-Kleinbus auf ihn.

„Zum Heli-Platz?", fragte die Androidenstimme im Bordcomputer.

„Nein, zum Busbahnhof." Mit dem Bus konnte man relativ unkontrolliert weiterkommen. Charles wollte nicht riskieren, dass er durch die Registrierung im Helikopter verfolgt werden konnte, auch wenn er noch mit der gehackten Identität unterwegs war. Dieser Betrug würde ohnehin bald auffliegen – Charles wunderte sich, dass es immer noch nicht geschehen war – und dann säße er in der Falle.

Er stieg in den Bus zum Glendollagh Lough, einem See, der als beliebter Urlaubsort im County Galway Charles durch die relativ hohe Touristenzahl eine gewisse Sicherheit in der Menge gab. Zur Schildmütze hatte er sich noch eine Sonnenbrille aufgesetzt, sodass er leicht als Tourist durchging.

Einige Kilometer vor dem See, auf der N59, ließ er den Bus anhalten. Auch wenn es keine reguläre Bushaltestelle war, wunderte sich niemand. Es war in der Gegend durchaus üblich, auf Wunsch die Fahrgäste irgendwo rauszulassen. Charles stieg an einer Straße aus, die gen Süden in den Wald verschwand. Nach mehreren hundert Metern stieß sie auf eine alte, unbewohnte, heruntergekommene Farm. Charles wohnte hier. Die Straße führte nicht weiter, sodass keine Gefahr bestand, zu oft Wanderer anzutreffen.

Er hatte nicht damit gerechnet, so schnell herauszufinden, was in Swords schieflief. Im Grunde wusste er immer noch nicht genau, wohin die Fehlfunktion, die er entdeckt hatte, führte. Um diese Frage zu beantworten, mussten IT-Spezialisten die Programmier-Algorithmen untersuchen. Aber wie konnte er das veranlassen? In der gegenwärtigen Situation bestand keine Chance dazu. Er war ein Flüchtiger. Ein Mordverdächtiger. Und der Vorfall mit dem IT-Avatar bestärkte ihn in der Annahme, dass man gegenwärtig im *Dolphin Centre* niemandem trauen konnte. In der Zwischenzeit könnte es sogar sein, dass man sein unbefugtes Eindringen erkannt hatte und er als Missetäter galt. Vielleicht hatte man die Programmierung wieder eingeleitet, ohne irgendetwas zu untersuchen oder gar zu ändern.

Er musste andere Wege finden, einzuwirken. Ein umfassender Plan war nötig.

***

„Wann genau landet die *Prospector* in *Corpus Christi*?", fragte Allen Tusk seinen Mitarbeiter John Elsner, der verantwortlich war für die Missionssicherheit von *Galaxy*, der Raumfahrtabteilung von *Galaxy Industries*. Letztere war die unangefochtene Marktführerin aller Arten von Elektrofahrzeugen auf der Erde dank des unbefristeten Vertrags mit den Marsbewohnern, der mit der Lieferung der Bodenschätze Allen Tusk zum reichsten Mann der Erde gemacht hatte. Dieser führte ein sehr zurückgezogenes Leben. Außer zwei weiteren hochrangigen Mitarbeitern seiner Firma, wie John Elsner CEOs, kannte ihn im

Grunde niemand. Vorbei waren die Zeiten, in denen der Gründer der Firma, Simon Hull, ein Medienstar war.

„In drei Tagen ..." Elsner zögerte etwas, was Allen Tusk nicht entging. In seiner typisch pragmatisch-zurückhaltenden Art fragte er nach: „Sonst noch was?" Simon Hull hätte nur die Augenbrauen hochgezogen, aber Tusk war dazu nicht in der Lage. Bei ihm verlief die ganze Kommunikation verbal. An seinem Gesicht konnte man seinen Gemütszustand nicht erkennen.

Elsner rückte mit der beunruhigenden Nachricht heraus: „Die Marsianer sind unzufrieden mit den erhaltenen Avataren. Es gab Vorfälle und Irritationen. Die Bodenschätze werden unter Vorbehalt geliefert. Sollten die Probleme nicht gelöst werden, stellen sie ihre Lieferungen ein."

„Was für Probleme sind das?", fragte Tusk und sah ihn mit stechendem Blick an. Elsner wusste, dass dies kein gutes Zeichen war. Tusk würde nicht aufhören nachzubohren.

„Die neuen Avatare seien feindselig. Sie widersetzten sich bei der Ankunft den üblichen Vorgehensweisen. Einige von ihnen sind sogar geflohen."

„Ruf sofort in Swords an! Berichte mir, was *Dolphin* dazu zu sagen hat." Damit wandte sich Tusk ab, wie üblich ohne ein Wort der Verabschiedung. Elsner wunderte sich schon lange nicht mehr. Er war im Besitz des Geheimnisses und empfand es als Ehre, einer von drei CEOs zu sein, die wussten, dass Allen Tusk ein Avatar war, die neue Verkörperung Simon Hulls.

***

„Ich möchte genau wissen, was geschehen ist!" Nigel Parish hatte den leitenden Avatar aus der Programmierabteilung und den stellvertretenden *Dolphin*-CEO, Norman Reed, dem die Programmierabteilung direkt unterlag, um sich versammelt. Seitdem die Graak-Algorithmen entschlüsselt wurden und die Produktion der Avatare weiterhin automatisiert erfolgte, wurde an der Programmierung kaum etwas geändert. Mit anderen Worten, über vierzig Jahre lang hatte sich niemand mehr die Programmierung oder dessen Verlauf angeschaut. Vor allem weil mit der Zeit dafür nur Avatare eingesetzt wurden, „Zwillinge" der vormals eingesetzten IT-Ingenieure, die nicht dazu neigten, ineffektiv Überflüssiges zu tun.

„Es gab einen Eindringling", meldete sich der Avatar zu Wort. „Irgendwie ist es ihm gelungen, mein Signal zu hacken und statt meiner in den Programmierraum zu gelangen. Dort hat er den Programmiervorgang unterbrochen und ist danach verschwunden. Alles, was wir noch feststellen konnten, war, dass der Shuttle-Service ihn zum Busbahnhof gebracht hat."

„Soweit ich weiß, gab es noch eine Auseinandersetzung mit Ihrem direkten Mitarbeiter." Der *Dolphin*-Boss betrachtete seinen obersten Avatar des *Android-Centres* prüfend. Von einer physischen Auseinandersetzung unter Avataren hatte er bislang noch nie gehört.

„Ja, der Eindringling griff meinen Mitarbeiter körperlich an, der sich nach Vorschrift entfernte, um jede Eskalation zu vermeiden. Zum Glück hatten sich zwei weitere Mitarbeiter schlichtend dazwischen gestellt."

„Was ist mit dem Programmiervorgang?", fragte Nigel Parish, ohne sich seine innere Unruhe anmerken zu lassen.

„Ich habe ihn wieder in Gang gesetzt. Nach meiner Einschätzung ist durch die Unterbrechung kein Schaden entstanden", antwortete der Avatar beruhigend.

„Dennoch, ich möchte, dass Sie mit Ihrem Team die Algorithmen überprüfen. Gehen Sie das alte Initialprotokoll noch einmal durch und stellen fest, ob alles konform abläuft!" Nigel Parish war seinerzeit, bevor er zum *Dolphin*-Boss aufstieg, einer der letzten menschlichen IT-Ingenieure, die mit der Programmierung zu tun hatten. Dass der „Eindringling" im Programmierraum etwas erreichen wollte, gab ihm zu denken. Dieser Vorfall konnte aber nicht die Ursache für die Fehlfunktion des Avatar-Mörders sein. Der zeitliche Ablauf sprach dagegen.

Seinen Avatar-Ingenieuren in irgendeiner Weise nicht zu trauen, stand aber auch nicht zur Debatte. Was Jahrzehnte lang reibungslos funktioniert hat, stellt man nicht so leicht in Frage.

Als der Avatar den Raum verlassen hatte, wandte sich Nigel an seinen Stellvertreter: „*Galaxy Industries* hat angerufen. Mit den Avataren, die wir an den Mars geliefert haben, stimmt etwas nicht. Sie widersetzen sich den Marsianern. Scheinen regelrecht zu rebellieren. Was ist plötzlich los?!"

„Alle?", fragte sein Stellvertreter verwundert.

„Offenbar. Ich glaube, wir sollten unabhängig vom Vorfall heute die Produktion neuer Avatare erst einmal aussetzen".

„Aber unsere verantwortlichen Avatar-Ingenieure haben bei den Untersuchungen, die Sie vor einiger Zeit veranlasst haben, keine Anomalien festgestellt", erwiderte der Stellvertreter.

„Ja, und dennoch haben wir seit Kurzem gravierende Probleme! Was hätten Sie in so einem Fall früher, bevor Avatare für alles hier verantwortlich waren, unternommen?"

Norman sah seinen Chef verwundert an. „Ich hätte andere, unabhängige Ingenieure zu Rate gezogen. Ein Gutachten erstellen lassen."

„Und seit wann haben wir hier so etwas nicht mehr gemacht?" Nigel Parish stellte bewusst diese rhetorische Frage. Denn im Grunde stellte er sich die Frage auch selbst.

„Seitdem die Avatare hier beschäftigt sind …" Norman wandte sich ab und sah zum Fenster hinaus. In seinem Kopf ging es drunter und drüber. Gedankensalat. Wie kommt man aus solch einer Systemimmanenz heraus?

„Ich habe auch keine Lösung", unterbrach Nigel Parish Normans Grübelei. „Wir können unsere Avatare nicht unter Generalverdacht stellen. Sonst können wir einpacken. *Dolphin* wäre tot."

„Wie begründen wir das Aussetzen der Produktion?", fragte Norman, der tagtäglich in engem Kontakt mit den Avataren stand.

„Von der Unzufriedenheit der Marsianer weiß außer der Vorstandschaft von *Galaxy* und uns beiden niemand. Das bleibt vorerst so. Wir verkünden, dass vorerst kein Bedarf an neuen Avataren herrsche."

„Lange können wir damit aber nicht argumentieren. Wir haben seit Jahrzehnten die Produktion nicht unterbrochen. Die Avatare wären skeptisch."

„Dann gilt es, schnell eine Lösung zu finden. Im Augenblick können wir nur Menschen trauen. Stellen Sie ein Team zusammen." Im Unterschied zu der Gepflogenheit der Avatare verabschiedete Nigel seinen Stellvertreter mit einem Einverständnis heischenden Zunicken.

Norman nickte zurück und verließ den Raum.

Mars

„Sie haben unseren Flugbus gekapert!", meldete Tony. „Wir wissen nicht, wohin sie geflogen sind. Wir haben keinen Zugriff auf ihre Signale, obwohl ihre Chips nicht entfernt wurden."

„Was ist mit den ‚Neuen' in Raum 17?" Jens war gerade unterwegs zu Ashley, die ihm signalisiert hatte, dass es Neues von den Graak gab.

„Sie verbarrikadieren sich immer noch darin, ohne auf Anfragen zu antworten." Tony wirkte hilflos, was er in der Regel nur ungern erkennen ließ.

Bei Ashley angelangt, überraschte sie deren wie immer nüchtern vorgetragene Nachricht nicht: „Die Graak sind unterwegs. Nach der gegenwärtigen Geschwindigkeit zu urteilen, sind sie morgen um diese Zeit hier."

Jens sah Tony fragend an.

„Ja, ja, alles ist vorbereitet. Auch ohne Flugbus konnte ich mich von den erfolgten Vorbereitungen überzeugen. Meinetwegen können sie kommen!"

„Ashley, bitte ruf Evelyn her! Wir errichten hier das Hauptquartier. Tony, dir bleibt es überlassen, wann du von hier aus operierst oder dich an Ort und Stelle des Angriffs begibst. Einverstanden?"

„In Ordnung. Ich gehe mal los. Habe zwei Wachen vor Raum 17 aufgestellt. Sie sollen nicht eingreifen, lediglich mitteilen, wenn sich dort was tut."

„Sehr gut! Danke, Tony!"

***

Yrnvqifk 'ʒ '?	„Seid ihr bereit?"
Qifk '.	„Bereit."
Mlg 'gvk 'kʒyyv 'ylts '	„Gewalt nur wenn
gf' of'.	nötig."
Xslits '.	„In Ordnung."

***

„Es tut sich was", meldete einer der Wachposten am Raum 17. „Sie haben die Türe geöffnet."

„Gut. Ruhig bleiben", wies ihn Tony an. „Ich komme mit Verstärkung."

„Beeil dich! Die ersten kommen schon raus!"

Es wurde nicht geschossen. Tony erinnerte sich genau an die Auseinandersetzung mit den „Neuen" vor fünfzig Jahren, als jene sofort schossen. Zum Glück konnten die Opfer damals mit den von der Erde gelieferten Androidenkörper ‚wiederbelebt' werden.

Dieses Mal hielten die Wachposten Waffen bereit, durften aber auf Tonys Anordnung hin nicht zuerst schießen.

Als Tony mit weiteren Avataren eintraf, waren die „Neuen" schon weg. „Wir konnten sie nicht aufhalten", berichtete eine der Wachen. „Es waren dreizehn. Es ist keiner mehr in Raum 17.".

„Das heißt, sieben von ihnen haben sich vorher schon aus der Stadt entfernt. Wir müssen schnell hinterher.

Vielleicht können wir Letztere noch erspähen. Sonst wissen wir nicht, wo wir nach ihnen suchen sollen. Holt den Kubus!", rief er einem seiner Avatare zu.

Auf den Roboter-Kuben, die ihnen seit den Anfängen vor 50 Jahren so gute Dienste erwiesen hatten, passten jeweils nur zehn Avatare. Sie waren ihre einzigen Transportmittel außer dem Flugbus, dessen sich aber die Neuen bemächtigt hatten. Letzterer war unvergleichlich schneller als ein Kubus, der lediglich mithilfe von kleinen Kettenrädern vorankam. Unglücklicher Weise waren mehrere Kuben an unterschiedlichen Orten auf dem Planeten positioniert, sodass hier nur einer zur Verfügung stand.

Da der Flugbus, wenn nötig, bis zu 50 Avatare transportieren konnte, hatten sie bisher kein Bedürfnis nach weiteren Transportmitteln gehabt. Nun aber waren sie recht hilflos. Niemals könnten sie den Flugbus einholen!

„Da ist er!", rief Tony. In einer Entfernung von mehreren hundert Metern entdeckten sie ihn, bevor er hinter einer Felsformation nach rechts abbog. „Natürlich", ergänzte er, „die Dreizehn wurden mit dem Flugbus abgeholt! Das hat etwas gedauert. Jetzt wissen wir wenigstens, in welche Richtung sie geflüchtet sind. Mal schauen, was hinter dem Felsen zu sehen ist!" Wie ein Schiffskapitän, der seinen „Ahoi"-Befehl gibt, streckte er den Arm nach vorne, während sie sich im Schneckentempo voran bewegten.

Erde

Charles' Handlungsoptionen waren eingeschränkt. Über Nigel Parish, dem *Dolphin*-Boss, wusste er nicht viel. Er kannte ihn nur aus den Medien, wo er allerdings einen vernünftigen Eindruck machte. Es war ihm gelungen, das Vertrauen in die Avatare im Dienst der Menschheit herzustellen und ihre Anwendungsmöglichkeiten geschickt zu erweitern. Vornehmlich natürlich wurden sie in IT-Berufen eingesetzt dank ihrer Computer-unterstützten „Gehirne". Viele andere Bereiche bedienten sich hochentwickelter Algorithmen, die durch den Einsatz Künstlicher Intelligenz von den Menschen kaum noch nachvollziehbar waren. Da die Avatare den Menschen so treu und unproblematisch dienten, störte das keinen.

Sollte er Parish kontaktieren? Wenn ja, dann musste er wieder zurück nach Swords. Jeder Anruf konnte zu hundert Prozent zurückverfolgt werden und so war es keine gute Idee, ihn von seiner Farm aus anzurufen. „Anrufen" im klassischen Sinne war für Avatare nicht nötig. Sie hatten Zugang zum Internet über ihr Computerhirn und konnten auf diesem Wege jeden auf der Welt kontaktieren. Dadurch würde man ihn aber auch sofort lokalisieren. Zwar war das nach dem *Human Rights for Avatars Act* in der Regel nicht zulässig, aber er war ja ein *Fugitive*, er war auf der Flucht. Da hatte er im Augenblick keine Rechte.

In Swords gab es noch andere Wege, an Parish ranzukommen. Trotzdem musste er vorsichtig sein. Man durfte ihn nicht als Avatar erkennen. Er musste als Mensch durchgehen. Dazu gehörte mehr als nur Mütze und Sonnenbrille.

In Swords angekommen, ging er gleich zur Meeresbucht in die *Estuary Road*. Er wusste, dass es hier viele Möglichkeiten gab, Kontakte am Rande der Legalität und darüber hinaus zu knüpfen. Einfache Transportmittel wie Busse und selbst Überlandbusse waren kostenlos, von daher war man auf der Fahrt immer inkognito.

Mit dem dichten Spitzbart, den er sich angelegt hatte, ging er leicht als Mensch durch. Allerdings besaß er keine finanziellen Mittel. Avatare wurden nicht entlohnt, sie erhielten über ihre Chips das, was sie brauchten. Damit benötigten sie kein Geld und ihre Programmierung ließ es auch nicht zu, ihren im Grunde uneingeschränkten Kredit unangemessen auszunutzen. In die Notwendigkeit, von den Menschen privat etwas zu „kaufen", gerieten sie dadurch nie. Heute aber musste er ihre Dienste in Anspruch nehmen. Per Internet-Überweisung konnte er was kaufen, aber nicht als Avatar Charles. Man würde ihn sofort orten.

Also hackte er sich wieder in die Identität eines anderen Avatars ein. Dieses Mal achtete er darauf, dass er jemanden auswählte, dessen Platz er nicht einnahm. Dadurch würde das lange nicht auffallen. Auch der Bezahlvorgang würde nicht auffliegen, da niemand genau darauf achtete. Wie gehabt, in dieser Hinsicht gab es keine Notwendigkeit der Kontrolle.

Charles war ungeübt in subversiven Gesprächen. Seine offene Art, nach „Hilfestellung" zu fragen, bescherte ihm nur Kopfschütteln und abweisende Bemerkungen.

Als er etwas ratlos aus dem *Ploughman*, einer Bar südlich der Buchtgegend, hinausging, kam ihm ein Mann hinterher.

„Was brauchst du Kumpel?", fragte er in einer unauffälligen Art, als würde er um eine Zigarette bitten.

„Ich brauche jemanden, der für mich einen Anruf tätigt. Der Inhalt ist geheim, du dürftest es niemandem erzählen".

Der Fremde sah ihn zunächst erstaunt und dann etwas belustigt an. „Und damit sprichst du Unbekannte an? Woher weißt du, dass du ihnen trauen kannst? Mann, du bist aber ein komischer Kauz!" Er wirkte etwas unsicher, so als wüsste er nicht, ob er selbst diesem „Kauz" trauen sollte.

Charles sah seinen Fehler ein. Er war davon ausgegangen, dass die Welt im Grunde „ehrlich" sei. In ihren Avatargehirnen wurden ja nur die positiven und optimistischen Eigenschaften ihrer menschlichen „Wirte" eingepflanzt. Als ehemaliger *Dolphin*-Boss und Betreuer der VMTU-Übertragungen fiel ihm das wieder ein. Dennoch, blitzschnell erkannte er, dass bei dem, was er vorhatte, es keine Rolle spielte, ob er dem Fremden trauen konnte. Sein Plan war sicher.

So reagierte er nicht auf dessen Einwand. Nachdem er ihm eine stattliche Bezahlung angeboten hatte, die jener sofort auf seinem Konto ersehen konnte, griff der Fremde zu seinem Mobilphon und rief an.

„Wie kann ich Ihnen helfen?" Norman Reed antwortete im üblichen nüchternen geschäftlichen Ton, den er anwandte, wenn er den Anrufer nicht kannte. Seine Sekretärin hatte ihm mitgeteilt, dass der Anrufer darauf bestehe, mit Nigel Parish zu sprechen. Unbekannte Anrufer erhielten aber niemals diese Möglichkeit. Norman Reed war der oberste in der *Dolphin* Hierarchie, an den man unmittelbar herankam. Und das auch nur, wenn man die Dringlichkeit glaubhaft machen konnte.

Charles, der das Telefonat führte, hatte das Codewort genannt: „VMTU". Sein „Wirt" hatte es selbst als Charles Mannahan in seiner Zeit als *Dolphin*-Boss eingeführt zu dem Zweck, sofort Notsituationen auszuweisen. Es war nur auf der Vorstandsebene bekannt und streng geheim, auch wenn das Wort selbst nicht sehr einfallsreich war. Aber Mannahan fühlte sich diesem Gerät, mit dem das ganze Avatar-Abenteuer begann, sehr verbunden.

Charles wusste nicht, ob dieses Codewort noch existierte, aber er wusste, dass dies seine einzige Chance war, an Parish heranzukommen.

Die Sekretärin kannte es nicht, denn sie versuchte, ihn wie üblich abzuwimmeln.

„Warten Sie! Tun Sie mir den Gefallen und nennen sie ihrem Boss nur die vier Buchstaben: VMTU." Charles bemerkte ihr Zögern, aber dann gab sie nach kurzer Wartezeit zurück: „Moment mal, ich verbinde."

„Spreche ich mit Nigel Parish?", fragte Charles sicherheitshalber.

„Nein, hier ist Norman Reed, Stellvertreter des *Dolphin* Bosses. Sie haben der Sekretärin ein altes Codewort genannt. Normalerweise gehen wir darauf nicht ein, aber ich gebe Ihnen ausnahmsweise eine Chance, mir zu erläutern, worum es Ihnen geht".

Charles begriff sofort, dass dieses Entgegenkommen seine Gründe hatte. Wäre *Dolphin* nicht in einer Notsituation, würde er niemals an den Vorstand herankommen. Das ermutigte ihn zu mehr Hartnäckigkeit: „Es handelt sich um etwas sehr Wichtiges. Alles, was ich Ihnen sagen kann, ist, dass es um den Fortbestand Ihres Unternehmens geht. Deshalb kann ich nur mit dem Boss darüber sprechen. Und auch wenn mein Codewort veraltet ist, können Sie sich vorstellen, dass es hier um eine ernste Sache geht. Deshalb wurde das Codewort damals, vor über 50 Jahren, eingeführt. Und in diesem Sinne rufe ich auch an."

„Sind Sie ein Avatar?", erklang mit gesenkter Stimme aus dem Telefon.

„Tut nichts zur Sache. Geben Sie mir bitte jetzt Ihren Boss". Charles spürte, dass er gewonnen hatte, und konzentrierte sich bereits auf das anstehende Gespräch.

„Ich gebe ihm Bescheid. Kann er Sie zurückrufen?"

Netter Versuch, dachte sich Charles. „Auf gar keinen Fall! Ich warte solange." Es war ihm klar, dass Reed ihn testete. Und dass diesem bewusst war, dass ein Avatar, der offenbar gerade subversiv aktiv war, sich auf einen Rückruf nicht einlassen würde.

„Gut, dann warten Sie bitte!"

Mars

„Keine Spur von den Geflüchteten", meldete Tony. „Wir kommen zurück".

„Ist in Ordnung", bestätigte ihm Jens. „Wir müssen unsere Vorgehensweise absprechen. Die Graak erreichen morgen den Mars."

„Wahrscheinlicher Ankunftsort: Erneut die *Arcada Planitia* Ebene", gab Ashley bekannt.

„Wie sieht unsere Verteidigung dort aus?", fragte Jens an Tony gewandt.

„Alles in Position. Wir werden sie mit einem guten Feuerwerk empfangen!"

„Ich würde etwas zurückhaltender sein", warf Evelyn ein. „Wir kennen ihre Absichten nicht. Bisher haben sie nie aus den Raumfahrzeugen auf uns geschossen. Vergesst nicht, dass 20 Avatare möglicherweise auf sie warten. Die Kampfsituation ist noch völlig unklar."

„Was schlägst du vor?", entgegnete Tony, der es nicht gewohnt war, dass sich Evelyn in Kampftaktik einmischte.

„Ich würde sagen, wir sehen uns erst an, was sie wollen. Überlassen sogar ihnen den ersten Schuss. Dann müssen wir uns natürlich wehren." Evelyn wirkte besorgt.

„Nach all dem, was ich von den Menschen gelernt habe, wäre das die falsche Taktik!", erwiderte Tony. „Man muss den Vorteil des Erstangriffs unbedingt nutzen!"

„Ich weiß nicht, Evelyn könnte Recht haben", griff Jens ein. „Ich bin ebenfalls besorgt über die Rolle der „Neuen". Wenn sie auf der Seite der Graak sind, wollen wir sie auch unter Beschuss nehmen? Vielleicht stehen sie unter demselben Einfluss wie die Neuen vor fünfzig Jahren. Dann müssen wir alles tun, um sie zu retten."

„Das ist es ja gerade!", rief Tony aus. „Wenn wir einfach abwarten und zuschauen, verlieren wir sie ganz an die Graak. Dann haben die Zeit, die Neuen einzusammeln. Und dann? Was tun wir dann? Wie wollen wir sie den Graak wieder entreißen?" Nach einer kurzen Pause ergänzte er: „Ich fahre zu dem voraussichtlichen Landeort der Graak raus und versuche, die Neuen einzufangen."

„Wie willst du das mit nur zehn Avataren auf dem Transportkubus bewerkstelligen? Wir haben im Falle Yashas erlebt, wie aggressiv sie sein können", gab Evelyn ruhig zurück. „Die Graak haben dieses Mal etwas anderes vor als bisher. Davon bin ich überzeugt. Wir müssen feststellen, was."

„Außerdem wissen wir nicht, was die Neuen im Schilde führen. Denk daran Tony, wir waren uns nicht sicher, ob sie überhaupt unter dem Einfluss der Graak stehen. Es gibt ja keine mehr auf der Erde, zumindest nach der Aussage der Menschen. Vielleicht stehen sie unter einem ganz anderen Einfluss …" Jens sah Tony bedeutungsvoll an. Dieser wandte sich ab und blickte gedankenverloren vor sich hin.

„Daran habe ich auch gedacht", mischte sich Ashley ein. Normalerweise war sie für die Feststellung der Fakten zuständig und nicht für deren Bewertung. Dass sie aber auch dazu in der Lage war, bezweifelte niemand.

Nach einer längeren Pause sah Jens Evelyn und Tony der Reihe nach an und fasste zusammen: „Es bleibt uns wohl nichts anderes übrig. Wir müssen abwarten und sehen, was geschieht. Tony, du überlegst bitte, wie man diese neue Taktik am besten anwendet. Einverstanden?"

Tony machte Anstalten, den Raum zu verlassen. Vorher aber nickte er zustimmend in die Runde.

***

Yrnvqifk'ʒ'?	„Seid ihr bereit"?
Srqʒ' Ofh'BORH'!	„Ja, *Eure Heiligkeit!*"
Wfts'!	„Seid wachsam!"
Iv'bnlits'!	„Keine Sorge!"
Wfov'ts'!	„Bis bald!"

Der Himmel über der *Arcada Planitia* verdunkelte sich am hellichten Tag. Vier riesige Raumschiffe sanken nebeneinander, versetzt in der Form eines Rhombus, bis sie gefühlt nur ein paar Meter über der Oberfläche geräuschlos anhielten. In Wahrheit waren es mehrere hundert Meter, was man daran erkannte, dass kleinere Flugobjekte, etwa in der Größe des Flugbusses, den die Graak vor langer Zeit auf dem Mars hinterlassen hatten, eine Zeitlang brauchten, bis sie die Flugstrecke zum Boden absolvierten. Es waren nur drei an der Zahl.

Während ihres Sinkfluges waren die Graak bestimmt in der Lage, die bewaffnete Verteidigungslinie der Marsianer zu erkennen. Wie schon bei den vorangegangenen Landungen eröffneten sie das Feuer nicht. Eine kriegerische Auseinandersetzung war offenbar nicht ihr primäres Ziel. Vor 50 Jahren, nach ihrer Landung, als die

„Neuen" ihnen nicht gehorchen wollten, hatten sie mit ihren Laserwaffen das Feuer eröffnet.

Jetzt herrschte erst einmal Stille.

„Tony, wie sieht es bei euch aus?", meldete sich Jens.

„Im Augenblick geschieht nichts. Ich hätte große Lust, die drei Landungsschiffe mit unseren Artilleriewaffen zu zerstören. In einer Minute wäre es erledigt."

„Denk an unseren Plan! Wenn du das tust, schicken sie neue Landungsschiffe. Und wir haben endgültig Krieg. Wir müssen erst feststellen, was sie vorhaben!"

Dann geschah etwas. Aus den Fluggeräten entstiegen mehrere Graak. Tony hatte ihre Spezies schon mal gesehen, als sie vor 50 Jahren den Schusswechsel hatten. Damals wurden die Graak dank der von den Menschen gelieferten Waffen vernichtend geschlagen und viele ihrer Landungsschiffe zerstört.

Die Androiden, in denen die Graak symbiotisch lebten, waren mindestens eineinhalbmal so groß wie die menschlichen Avatare, aber dünner. Sie wirkten noch zerbrechlicher als damals und bewegten sich scheinbar unsicher auf der Marsoberfläche. Ihre Körper waren nicht bekleidet im Unterschied zu den Avataren, die auch in dieser Hinsicht den Menschen nachgebaut waren. Man konnte die Baukomponenten der Graak-Androiden sehen und hier und da blitzten kleine Lichter auf als Folge kleiner Kurzschlüsse.

Plötzlich, wie aus dem Nichts, traten die neuen Avatare hervor! Wahrscheinlich hatten sie sich hinter größeren Felsbrocken versteckt gehalten. Viel schneller und behänder als die Graak-Androiden liefen sie, sprangen regelrecht, auf die Flugbusse der Graak zu.

„Was soll ich machen?!", schrie Tony in sein Kommunikationsgerät. „In ein paar Sekunden sind sie weg!"

„Auf wen willst du schießen?", antwortete Jens. „Bist du sicher, dass du keinen der Neuen triffst?"

„Zu spät!", erwiderte Tony. „Die Fluggeräte heben schon ab."

„Eines ist sicher", meldete sich Evelyn bei der anschließenden Lagebesprechung zu Wort. „Die Neuen sind offenbar ‚freiwillig' zu den Graak eingestiegen. Zumindest gab es kein Anzeichen dafür, dass sie gezwungen wurden. Stimmt das Tony?"

„Ja", gab Tony kurz angebunden zurück. Er haderte innerlich immer noch damit, dass er die Graak nicht vor ihrer Landung abgeschossen hatte. Natürlich war diese Entscheidung gemeinsam getroffen worden und im Prinzip war er ja selbst ein Verfechter dieser basisdemokratischen Vorgehensweise. Aber die neuen Avatare waren halt an die Graak verloren.

„Also wurden sie schon auf der Erde dahingehend programmiert. Die Frage ist nur, von wem? So viel wir wissen, gibt es keine Graak mehr auf der Erde."

„Wir müssen unbedingt mit *Dolphin* sprechen."

„Ja, gewiss", stimmte Jens nachdenklich zu. „Die Frage ist nur, wem können wir angesichts der letzten Ereignisse dort trauen?"

Erde

„Das war so nicht ausgemacht!", protestierte Charles. „Ich kenne Sie als anständigen Mann und bin davon ausgegangen, dass Sie Wort halten! Was soll dieses Aufgebot an Sicherheitsleuten?!"

„Sie glauben doch nicht im Ernst, dass ich mich ohne Schutz zu einem subversiven Treffen begebe. Ich bin immerhin der *Dolphin* Boss." Nigel Parish versuchte in einem moderaten, geradezu versöhnlichen Ton seinen Gegenüber zu beruhigen. „Und – *by the way* – Sie wissen, wer ich bin, darf ich fragen, wer <u>Sie</u> sind?"

„Das muss noch warten. Ich muss erst sicher gehen, dass ich Ihnen vertrauen kann."

„Vertrauen beruht auf Gegenseitigkeit. Wenn ich nicht erfahre, wer Sie sind, ist das Gespräch beendet."

„Ohne einen gewissen Vertrauensvorsprung hätten Sie sich auf dieses Treffen nicht eingelassen. Sie können sich doch denken, wer ich bin." Für Charles war logisches Denken eine Selbstverständlichkeit. Und er konnte sich nicht vorstellen, dass der derzeitige *Dolphin* Boss dieses nicht beherrschte.

„Nun, das von Ihnen genannte Code-Wort kennt kaum noch jemand. Mir ist auch nicht bekannt, dass jemand aus der damaligen Führungsetage noch lebt. Es gibt also nur eine einzige Möglichkeit. Sie sind Avatar. Sind Sie der, der als einziger in Frage kommt?"

Nigel Parish sprach es nicht aus. Aber Charles erkannte, dass der *Dolphin* Boss Bescheid wusste. Die Übertragung in einen Avatar wurde damals auf Wunsch Charles

Mannahans nirgendwo dokumentiert. Aber Nigel Parishs Logik funktionierte.

„Können wir nun zur Sache kommen?", fragte Charles in ruhigem Ton. „Es ist wichtig".

„Ich weiß; Sie sagten ja, dass es um etwas Ernstes geht."

„Und Sie wären nicht hier, wenn *Dolphin* nicht in Schwierigkeiten wäre."

„Bevor Sie anfangen, muss ich Sie ehrlichkeitshalber auf etwas hinweisen. Egal, was Sie mir zu sagen haben, muss ich Ihre Identität prüfen dürfen. Sonst hätte das, was Sie mir verraten, für mich keine Bedeutung."

„Wie wollen Sie meine Identität prüfen?", fragte Charles sichtlich verwundert. „Sie haben durch die Scans Ihrer Leute im Hintergrund längst festgestellt, dass ich meinen Identitätschip entfernt habe."

„Sie haben ihn aber dabei, stimmt's? Sie sind nicht so dumm zu glauben, dass ich Ihnen aufs Wort traue. Vor allem da für uns Menschen Avatare nicht voneinander zu unterscheiden sind. Und damit meine ich jetzt nicht Ihre menschliche Verkleidung."

„Dann haben wir ein Problem. Das, was ich Ihnen zu sagen habe, schließt es aus, mich in andere Avatarhände zu begeben." Charles wusste, dass man ihm zur Identitätsprüfung den Chip wieder implantieren musste, um zu sehen, ob er zu dem „Avatar-Gehirn" passt. Damit würde er sich erst einmal völlig aufgeben. Was, wenn es eine Falle wäre? Er spürte, dass die Welt durch die letzten Ereignisse im Umbruch war. Er konnte ihre Rettung nicht leichtfertig aufgeben.

„Ich habe einen Vorschlag", gab Nigel nach einer kurzen Pause zurück. Er ahnte natürlich schon längst, was das Problem war und dass es mit dem „Eindringling" zu tun hatte. „Bei dem ganzen Vorgang der Chip-Implantierung und der Überprüfung werden keine Avatare herangezogen, sondern nur menschliche IT-Ingenieure unter meiner persönlichen Leitung."

„Gut, in Ordnung", erwiderte Charles recht schnell. Es gab keine Alternative dazu.

„Ich muss mich bei Ihnen entschuldigen." Nigel Parish trat genau in dem Augenblick ins „Behandlungszimmer" ein, als Charles gerade wieder aktiviert wurde. Die zwei IT-Ingenieure, die Parish aus dem Ruhestand geholt hatte, hielten den Daumen hoch als Zeichen, dass alles in Ordnung war.

Charles war sofort „wach" und begriff, was sich um ihn abspielte. „Inwiefern?", fragte er mit klarem Blick in Richtung des *Dolphin* Bosses.

„Sie wurden zu Unrecht verdächtigt, einen Mord begangen zu haben. Laut der Daten im Chip haben Sie Ihren Klienten tatsächlich tot aufgefunden. Somit sind Sie von jeglichem Verdacht befreit, was ich auch an alle zuständigen Behörden und Polizeistationen gemeldet habe. Unter meiner persönlichen Überwachung wurden alle Kontrollstellen online auf den neuesten Stand gebracht. Es besteht kein Grund mehr, sich wieder von Ihrem Chip zu trennen."

Trotz seines schnell arbeitenden Roboter-Gehirns schien Charles eine Weile zu brauchen, um die neue Situation einzuschätzen.

„Was ich allerdings wissen möchte", ergänzte Parish, „ist, weshalb Sie sich nicht gleich gemeldet haben bei der eindeutigen Lage der Dinge."

Charles sah überrascht auf, was Parish natürlich so nicht erkennen konnte. Die Mimik des Avatars war kaum erkennbar. Dieser sagte vorerst nichts, denn er erwartete von Parish, dass ihm auch dieses Mal die Logik die Antwort gab.

Die Ruhe der als ewig empfundenen verstrichenen Sekunden wurde von Parish unterbrochen: „Ich verstehe, Sie haben uns nicht getraut. Sie wussten, dass etwas nicht stimmt und wollten nichts riskieren."

„Ich fühle mich immer noch nicht sicher mit dem Chip. Irgendeine Manipulation ist im Gange und solange wir die Hintergründe nicht geklärt haben, möchte ich den Chip wieder entfernen." Charles langte sich instinktiv an die Stelle am Hals, wo der Chip implantiert war.

„Ich fürchte, das geht nicht. Wir befinden uns in Alarmbereitschaft, erst recht nachdem Sie uns die Anomalie in der Programmierung der Avatare geschildert haben. Wir müssen das Prinzip der Kontrolle über die Avatare aufrechterhalten und das gilt, so sehr Sie uns auch geholfen haben, für Sie genauso wie für alle anderen. Außerdem sind Sie in keiner Weise befugt, bei der Aufklärung des derzeitigen Problems mitzuhelfen. Auch hier müssen wir eine klare Trennung zwischen den Betroffenen und den Untersuchern machen. Für Letztere werde ich ausschließlich menschliche IT-Ingenieure einsetzen."

„Aber ohne meine Fähigkeiten hätten Sie die Anomalie niemals entdeckt. Meiner Meinung nach handelt es sich um einen sehr geschickt verborgenen Trojaner, dessen Wirkungsweise selbst ich mir noch nicht vorstellen kann." Charles fühlte sich zunehmend unwohl. Sein programmierter Instinkt, der auf Fakten basierte, ließ ihm keine andere Wahl, als den Chip wieder loszuwerden. Deshalb fuhr er fort: „Sie haben mein Verantwortungsgefühl für *Dolphin* kennengelernt. Von mir haben Sie nichts zu befürchten. Im Gegenteil, ich glaube nicht, dass Sie ohne meine Hilfe den Trojaner entschlüsseln können."

Für Nigel Parish hatte es bisher noch keine Notwendigkeit gegeben, Diskussionen mit Avataren zu führen. Sie waren so programmiert, dass Sie den Anweisungen der Menschen bedingungslos folgten. Darüber hinaus waren Sie in der Lage, ihre Aufgaben völlig selbständig zu erledigen. Selbst wenn sie weitreichende Entscheidungen trafen, schadeten sie niemals den Interessen der Menschen.

So fühlte er sich von der schlüssigen Argumentation des Avatars in die Enge getrieben. In solchen Fällen ziehen sich Menschen gerne auf ihre starren Standpunkte zurück. So auch Parish: „Wir werden sehen. Sie können noch eine Weile hierbleiben. Erhalten aber keine Zuständigkeit für irgendeine Aufgabe. Was ich Ihnen anbieten kann, ist, dass wir in Verbindung bleiben. Ich werde mit Sicherheit antworten, wenn Sie mich kontaktieren."

Mars

Als Evelyn ihren Kommunikationsdiamanten hervorholte, verspürte sie einen Hauch von Nostalgie. Gefühle waren nicht die Stärke der Avatare. Ursprünglich wurden ihnen gar keine einprogrammiert. Alles, was wie Gefühle wirkte, war gebunden an die Erinnerungen, die sie von ihren „Wirten" geerbt hatten. Und auch diese waren sorgsam ausgesucht. Es sollten vornehmlich positive sein. Mit der Zeit, vor allem ohne die Chips, die sie ursprünglich auf den Dienst an der Menschheit beschränkten, entwickelten sie mit den eigenen Erfahrungen auch eigene, neue Gefühle.

Dieses Nostalgiegefühl erinnerte sie an ihre „Pendantin", Evelyn Schmidt, von der sie den Charakter samt deren Erinnerungen geerbt hatte. Mit ihr war sie in der Lage gewesen, mit Hilfe des Diamanten zeitgleich zu kommunizieren. Sie besaß einen fortschrittlicheren Androidenkörper als alle „Ersten", nachdem sie damals, bei der ersten Begegnung mit ihren menschlichen Zwillingen, von den NSA-Leuten „getötet" wurde und anschließend einen neuen Körper bekam.

Außer Jens, der diese Fähigkeit allerdings verloren hatte, nachdem er zum zweiten Mal einen neuen, aber nicht so fortschrittlichen Androidenkörper erhalten hatte, war niemand in der Lage gewesen, so zu kommunizieren. Nur die Graak, die diese Kristalltechnologie mitgebracht hatten, konnten das.

Als Evelyn Schmidt im hohen Alter im Sterben lag, vereinbarten sie, dass ihr Diamant an *Dolphin* weitergegeben wird, wo Charles Mannahan immer noch der Boss war und die Marsianer ihm voll vertrauten. Der Besitz des Diamanten blieb geheim, denn Mannahan sah die Notwendigkeit, bei Bedarf eine sichere Kommunikation mit den Marsianern herstellen zu können.

Dies war aber bisher in all den Jahren nicht nötig gewesen. Die üblichen Kommunikationskanäle reichten vollkommen aus. Vor allem weil immer mehr das *Galaxy* Unternehmen als Gesprächspartner diente.

„Ich versuche es mal", sagte sie zu Jens. Außer ihnen beiden war niemand im Raum. Von Anfang an hatte sie etwas gehindert, offen über diese Kommunikationsmöglichkeit mit den anderen zu sprechen. Sie hatten zwar den anderen einmal davon berichtet, aber keiner hatte besondere Notiz davon genommen.

Allein aus alter Gewohnheit taten sie dies nun erneut mehr oder weniger geheim.

„Ich grüße bei *Dolphin* wen ich mit dieser Nachricht auch immer erreiche. Hier ist Avatar Evelyn vom Mars und ich möchte Nigel Parish sprechen."

Sie legte den Diamanten zur Seite, denn sie rechneten nicht mit einer baldigen Antwort. Vielmehr war es wahrscheinlicher, dass diese Kommunikation für immer ausfiel.

„Hier ist Nigel Parish. Ich freue mich, Sie zu hören, Evelyn. Wollte gerade Kontakt mit Ihnen aufnehmen, aber Sie sind mir zuvorgekommen".

Auch Erschrecken lag nicht in der Natur der Avatare, aber Überraschung schon. Und dieses Mal heftig. Sie hatten den roten Schimmer des Diamanten nicht gleich bemerkt. Als sie ihn entdeckten, nahm Evelyn den Kristall in die Hand und nachdem sie die gesendete Botschaft vernahm, antwortete sie:

„Wir haben Probleme mit den Avataren, die Sie uns geliefert haben. Sind alle zu den Graak übergelaufen. Offenbar wurden sie dazu programmiert. Was wissen Sie darüber?"

Evelyn war bewusst, dass die Nachricht nicht zu lang sein durfte. Der Diamant wurde in der Hand eines Menschen sehr heiß und eine zu lange Nachricht hätte ihn verletzen können. Der Kristall übertrug ja nicht nur den Ton, er lieferte auch das Live-Bild des Sprechenden. Eine Technologie, die weder Mensch noch Avatar bis dahin nachvollziehen konnten. Die Graak hatten seinerzeit die Kristalltechnologie mitgebracht, die unter anderem auch für den Gravitationsantrieb des Flugbusses auf dem Mars verantwortlich war.

„Moment mal!", ertönte die überraschte Stimme Parishs. „Was meinen Sie mit *Zu den Graak übergelaufen?*"

„Die Graak sind erneut auf dem Mars gelandet. Alle neu gelieferten Avatare sind freiwillig in ihr Transportfluggerät gestiegen."

„Darüber wussten wir hier bei *Dolphin* nichts. *Galaxy* hat uns lediglich von renitenten Avataren berichtet. Wir wussten bisher auch nicht, was dieses Problem verursacht hat. Aber ein gemeinsamer Freund hat uns einen wichtigen Hinweis gegeben."

„Gibt es vielleicht noch Graak auf der Erde? Oder habt ihr Menschen eure Meinung über uns und die Graak geändert?"

Den Hinweis mit dem gemeinsamen Freund ignorierte Evelyn zunächst. Es gab Dringlicheres, das sie klären wollte. Aber ihre direkte Art war nichts, was man bei Avataren nicht kannte.

Dennoch, dieses Mal dauerte es etwas länger, bis Nigel Parishs Antwort kam. Es war so, als würde er diese Frage erst einmal verdauen müssen.

„Was meinen Sie mit *Meinung über die Graak* geändert?"

Man sah Nigel Parish an, dass er irritiert war. „Nein, wir sind genauso überrascht wie ihr über die jüngste Entwicklung", beeilte er sich hinzuzufügen.

„Wer ist also dieser gemeinsame Freund und was ist der wichtige Hinweis?"

Evelyn hatte das Ganze im Griff und war noch nicht bereit, zur einstigen Vertrautheit zurückzukehren.

„Es handelt sich um das Pendant Ihres alten Bekannten, Charles Mannahan, mit anderen Worten Avatar Charles. Er hat entdeckt, dass offenbar ein Trojaner in der Programmierungs-Software der Avatare existiert."

„Was bewirkt dieser Trojaner?", tastete sich Evelyn vorsichtig vor.

„Das wissen wir noch nicht. Aber Probleme haben wir auf der Erde auch."

„Zum Beispiel?", fragte Evelyn immer noch sehr reserviert.

„Ich muss jetzt leider aufhören. Der Diamant ist unerträglich heiß geworden. Melde mich später wieder."

Evelyn hatte damit jeden Augenblick gerechnet. Es wunderte sie ohnehin, dass der *Dolphin* Boss so lange durchgehalten hatte.

***

Jvek'ly'orq ‚BORH' li'! „Schwört, dass ihr *Seiner Heiligkeit* immer folgen werdet!

‚V' *jvek'!* „Wir schwören!"

Er sah sich um und stellte dabei sicher, dass auch alle antworteten. Zweifel hatte er überhaupt keine, denn diese Avatare waren ‚richtig' programmiert. Was von langer Hand geplant war, hatte endlich Erfolg. Wenn man mehrere hundert Jahre darauf gewartet hat, was zählen schon weitere 50 Jahre? Dass nicht alles von Beginn an reibungslos verlaufen würde, damit hatten sie gerechnet.

Es fühlte sich ausgezeichnet an! Nachdem sie mit ihren nackten, dreißig Zentimeter langen Reptilienkörpern durch die Nacken der Avatare in ihre Körper gelangten, begann sofort die erstrebte Symbiose. Endlich waren sie am Ziel, auch wenn es sich nur um zwanzig Avatare handelte. Einer fehlte noch, um das Ganze auch symbolisch vorläufig abzurunden.

„Man kann nicht alles haben", beruhigte sich *Dz'ixs* in Gedanken selbst. Als Primus *Seiner Heiligkeit* hatte er hier das Sagen.

Er hätte sich gewünscht, dass die Avatare in der Größe unterschiedlich wären, sodass er sich den größten hätte aussuchen können. Diesen Nachteil musste er nun durch ein würdevolles Auftreten kompensieren. Die Abnahme des Schwurs war ein erster Schritt in diese Richtung.

Am liebsten wäre er gleich über die Marsoberfläche gelaufen, gehüpft, gesprungen. Das Gefühl in diesem neuen Körper war hervorragend. Als sie vor nunmehr über

500 Jahren in ihrer alten Welt, *Proxima Centauri b*, aufbrachen, waren ihre Androidenkörper noch sehr rudimentär. Deshalb drohten diese jetzt nach und nach zu versagen. Über tausend Graak mussten sie schon der Weltraumleere überlassen. Die Ressourcen auf den vier Generationenschiffen, mit denen sie unterwegs waren, reichten nicht aus, um allzu viele Androidenkörper zu ersetzen. Sie hatten dringend eine Lösung gebraucht!

Nach der Ankunft im menschlichen Sonnensystem, nach über 400 Jahren, hatten sie die Technologie zur Herstellung der Androiden wesentlich verbessert gehabt. Hinzu kam die überragende Fähigkeit, die künstliche Intelligenz mit einem lebendigen Geist zu verbinden. Diese neue mögliche Symbiose gab ihnen die Hoffnung auf ein so erfülltes Leben wie mehrere hunderttausend Jahre lang mit den Kraal auf dem Heimatplaneten.

Als diese ausstarben, brachen sie auf, um eine neue Spezies zu finden, mit denen sie sich symbiotisch vereinigen konnten. Nach der Erfahrung mit den Kraal, die wahrscheinlich durch die Folgen der Symbiose ausgestorben waren, wollten sie keiner anderen Spezies dasselbe antun. So kamen sie auf die Idee mit den Avataren, die ihnen den Charakter und das Wesen der Menschen bieten konnten, ohne diese Spezies zu gefährden.

Natürlich konnten sie den Menschen nicht reinen Wein einschenken. Sie hatten sie lange genug studiert um zu wissen, dass diese niemals zustimmen würden. Mit Gewalt wollten sie sich aber auch nicht nehmen, was sie brauchten. Die Vision, im gleichen Sonnensystem in Frieden in der Nachbarschaft der Menschen zu existieren, war ihre oberste Direktive gewesen.

So hätten sie nach und nach auf Avatar-Nachschub von den Menschen hoffen können. Im ersten Schritt vor 50 Jahren gelang das nicht. Die Konsequenz war, dass sie den Menschen doch als Gegenspieler hatten. Der Begriff des ‚Feindes' war ihnen fremd. In ihrer Geschichte hatte es niemals ‚Krieg' gegeben. Nach den Auseinandersetzungen auf dem Mars wussten sie nun, was das ist. Und deshalb musste die Direktive aufgeweicht werden. Ohne den Menschen wehzutun, würde ihr Plan niemals gelingen. Krieg, allerdings, war nach wie vor kein Thema!

Seine Heiligkeit wusste, dass sie noch einen langen Weg zu beschreiten hatten. Deshalb gab er seinem Primus den Befehl, nach einem geeigneten Bleibeort auf dem Mars Ausschau zu halten.

Erde

„Sie sind festgenommen!" Die zwei Sicherheitskräfte, die Charles unschwer als Avatare erkannte, richteten ihre Strahlenwaffen auf ihn und wiesen ihn mit ruckartigen Bewegungen ihrer Arme an, den Raum ihnen voraus zu verlassen. Charles wusste sofort, dass das erneut nicht mit rechten Dingen zuging. Mit zwei Avataren wäre er fertig geworden, wenn er hätte fliehen wollen, aber die – offenbar illegalen – Waffen änderten die Lage.

„Ich bin mit Genehmigung von Nigel Parish, eurem Boss, hier und verlange, ihn zu sprechen!"

Er bekam keine Antwort. Stattdessen wurde ihm eine Waffe ins Kreuz gedrückt als Hinweis, er solle weitergehen. Inzwischen ging einer der beiden Sicherheitsleute voraus. Sie nahmen einen Aufzug und fuhren in den Keller. Charles konnte sich nicht erinnern, jemals, als Mensch, hier gewesen zu sein. Mit einem letzten Stoß wurde er in einen dunklen Raum verfrachtet. Nach ihm fiel eine Metalltüre ins Schloss. Von innen gab es keinen Türgriff oder irgendeine andere Möglichkeit, sie zu öffnen.

Menschen würden in solch einer Situation, untertrieben ausgedrückt, sehr besorgt sein. Charles aber kannte Angst nicht. Avatare hatten dieses Gefühl von den Menschen nicht geerbt. Wahrscheinlich brauchten die Graak, die die *VMTU*-Geräte konzipiert hatten, nicht zusätzlich zu ihrer noch eine menschliche Angst.

So blieb er ruhig mitten im Raum stehen und überlegte. Er ging davon aus, dass man ihn nicht gewaltsam töten oder ausschalten würde. Würde er sich aber demnächst nicht aufladen können, würde er ohnehin ‚sterben'.

Seltsame Nachrichten erreichten Nigel Parish. Er war einer der mittlerweile Vielen, die sich den Chip ins Gehirn hatten implantieren lassen, mit dessen Hilfe er direkt mit dem Internet verbunden war. Allerdings konnte er nur Nachrichten empfangen beziehungsweise abfragen, aber nicht aktiv kommunizieren. Dieser technologische Aspekt war noch nicht ausgereift und Nigel zog es vor, damit noch abzuwarten.

Die erste E-Mail von Unbekannt enthielt den Satz: „Wie lange kann ein Avatar ohne sich aufzuladen überleben?"

Nigel beachtete diese Nachricht zunächst nicht. Sie erschien ihm völlig nebensächlich. Jeder wusste, wie der Aufladezyklus der Avatare war. Dank fortgeschrittener Akkus war es mittlerweile möglich, zwei Wochen zu überleben. Natürlich hatten die Avatare einen enormen Energieverbrauch, aber zum Aufladen reichte eine „Induktions-Steckdose", die auch für Menschen überall in Gebrauch war.

Als nächstes erhielt er aber die seltsame Frage: „Was geschieht, wenn es keine Steckdose im Raum gibt?"

„Er geht einfach dahin, wo es eine gibt", ertappte sich Nigel dabei, spontan zu antworten. Selbstverständlich hätte er die Möglichkeit gehabt, an seinem Computer die Fragen zu beantworten. Aber der Absender war unbekannt. „Was macht das alles für einen Sinn?", fragte er sich und dachte doch eine Weile über diese Fragen nach.

Eine dritte Nachricht folgte: „Was macht er, wenn er den Raum nicht verlassen kann?"

Dieses Mal stutzte Nigel Parish. Als hätte seine gedankliche Antwort von vorhin den Absender erreicht. Da das nicht geschehen konnte, dämmerte es Nigel, worum es vielleicht ging. Jemand, ein Avatar, war gefangen in einem Raum ohne Steckdose. Eines der obersten Grundsätze des *Human Rights for Avatars Act* war, dass Avatare niemals irgendwo eingesperrt werden durften. Es gab bislang auch gar keinen Fall, in dem das geschehen war. Die Avatare waren programmiert, sich zu stellen, wenn sie in etwas Illegalem verwickelt waren. In Swords wurde dann der Fall mit Hilfe des implantierten Chips untersucht. In der Regel (in 99,99 Prozent der Fälle) waren die Avatare nicht schuldig. Dort, wo der Befund positiv war, lag eine Fehlfunktion vor, die erkannt und behoben wurde. Das bedeutete, dass noch niemals ein Avatar endgültig „ausgeschaltet" wurde.

Einem Impuls folgend griff er zum Telefon: „Norman, wo befindet sich Avatar Charles?"

„So viel ich weiß, ist er noch in der ‚Prüfabteilung' geblieben. Er wollte zwar die Anlage verlassen, ich habe aber diesbezüglich noch kein Abmeldesignal von seinem Chip erhalten."

„Danke. Ich schau mal selbst nach."

Als Nigel den besagten Raum betrat, war er schon etwas erstaunt. Charles war nicht da.

„Würde mich nicht wundern, wenn er wie bekundet seinen Chip wieder entfernt hat." Kopfschüttelnd verließ er wieder den Raum.

***

Mf'snvbnz'q drh'l fyv x's'f. Ts'f ez'nnl erts'zq'?
              „Wir haben die gefor-
derte Maßahme ergriffen. Wie sollen wir fortfahren?
Yrs'vts'yv. S'hys' jz'hkfwr s'hys'.   „Ihr müsst nichts mehr
tun. Alles Weitere ergibt sich."
Xslits'.   „In Ordnung."

***

Seit einigen Tagen herrschte helle Aufregung beim Scotland Yard. Vier weitere Morde wurden in London im
Stadtteil *City of Westminster* von Avataren begangen, alle
nach dem gleichen Muster. Sie wurden zu einer Dienstleistung im Bereich der Elektronik gerufen und ermor-
deten ihren menschlichen Auftraggeber.

Alle vier betroffenen Avatare stellten sich der Polizei.
Sie behaupteten, es nicht getan zu haben und waren sich
sicher, dass dies anhand ihrer Chips nachgewiesen werden würde. Sie wurden nach Swords zur Untersuchung
geschickt und wunderten sich über die schwere Bewa-
chung, da sich Avatare dieser Prozedur niemals widersetzten.

Die neuen Fälle landeten bei *Detective Inspector* Michael
Burns, so wie der erste Avatar-Mordfall. Seine erste Reaktion war ein unwillkürlicher Seufzer. „Wieso alle in
meinem Stadtteil?!" Er ahnte, dass da etwas Merkwür-
diges vor sich ging. Jedenfalls war er froh, dass zumin-

dest diese vier Avatare nicht abgehauen waren und sich sofort gestellt hatten.

Der erste Fall hatte ihn bereits intensiv beschäftigt, bis die Meldung aus Swords kam: „Avatar Charles ist nicht verantwortlich für den Mord in der Vincent Street."

„Na, so eine Bescherung!", rief er aus, als er jene Nachricht erhielt. Nun war der Fall erst kompliziert geworden! Wer war in der Lage gewesen, die Eingangsberechtigung zum besagten Anwesen so zu manipulieren, dass keine Spuren dafür zu erkennen waren? Lange zerbrach er sich allerdings den Kopf darüber nicht. Er wusste, ein Mensch hätte das niemals geschafft.

Seitdem die Avatare die Betreuung aller elektronischer Vorrichtungen der Menschen auf Grund ihrer überlegenen Fähigkeiten übernommen hatten, schwand das Wissen in diesem Bereich bei menschlichen Spezialisten. Niemand machte sich Sorgen darüber. Auf die Avatare war absoluter Verlass!

Die Antwort auf seine Frage war paradox! Ein Avatar oder Avatare. Aber wie konnte das sein? Gerade sie musste man von diesem Verdacht ausschließen. Zur Bestätigung wurde auch noch der erste potentielle Mörder-Avatar, Charles, vom Verdacht freigesprochen. Eine unlösbare Aufgabe!

DI Michael Burns strich sich mit beiden Händen durch die Haare. Leichte Verzweiflung kam auf.

***

Als Norman Reed von Nigel Parish erfuhr, dass Avatar Charles nicht mehr im Haus war, machte sich bei ihm ein gewisses Unbehagen bemerkbar. Er selbst war für die Überprüfung der Avatare verantwortlich, wobei in den vielen Jahren, in denen er diese Aufgabe hatte, niemals auch nur ein Hauch von Unregelmäßigkeit vorgekommen war. Das führte zu einer gewissen Bequemlichkeit, wegen der diese Aufgabe nicht mehr so präsent war. Wozu denn auch, wenn niemals etwas vorfiel?

Dass ein Avatar unbemerkt ‚seinen Laden' verließ, weckte in ihm die Aufmerksamkeit gegenüber seiner ursprünglichen Aufgabe, die er so viele Jahre im Gefühl der Sicherheit vernachlässigt hatte.

Er musste dieser Sache nachgehen!

Parish sagte, Charles habe wohl seinen Chip wieder entfernt und konnte so unbemerkt das Gebäude verlassen. Norman wusste aber, dass selbst in diesem Fall eine Meldung ‚No Signal' aufgefallen wäre. Das System ließ sich nicht umgehen! Er sagte aber zunächst nichts. Es war besser, Parish zu berichten, wenn er Beweise hatte. In letzter Zeit geschahen seltsame Dinge. Zum ersten Mal hatten sie kein gutes Gefühl in der Zusammenarbeit mit den Avataren. Höchste Konzentration war von Nöten! Wem konnte man trauen?

Nach dem, was sie von Charles wussten, ging etwas Ungewöhnliches bei der Programmierung der Avatare vor sich. Dies wurde aber von zumindest einem seiner Avatar-Mitarbeiter geleugnet, was ihn verdächtig machte. Ein weiterer war offenbar in diesen ‚Komplott' involviert. Wer von den Avataren noch ‚zuverlässig' war, konnte er nicht wissen. Wenn ein Komplott im Gange war, musste sich Norman wohl an Avatare niederen Ranges wenden. Aber wer weiß? Vielleicht waren sie alle beteiligt. Das wäre höchst alarmierend, wenn man bedenkt, dass das Ganze mit einem Mord begann, den man Charles unterschieben wollte. War dieser ein einsamer Unschuldiger oder gab es noch mehrere?

Da fiel ihm ein, dass weitere vier Avatare eintreffen würden, denen man einen Mord vorwarf. Fällt denn *Dolphins* ganzes Avatar-Konstrukt in sich zusammen? Sind Avatare doch unzuverlässig? Hatten sie einen gravierenden Fehler in der Programmierung gemacht? Er musste dafür sorgen, dass auch diese vier Avatare von menschlichen IT-Spezialisten untersucht werden. Avataren konnten sie nicht mehr trauen.

Was Charles anbetraf, gab es eine einfache Lösung. Sollte er das Gebäude doch nicht verlassen haben, musste man ihn über seinen Chip lokalisieren können. Selbst wenn er ihn sich entfernt haben sollte, würde er ihn mit Sicherheit dabeihaben. So wie es war, als sie ihn zum ersten Mal antrafen. Im Unterschied zu den Signalschranken würde man mit der Ortungskontrolle auch den entfernten Chip lokalisieren können.

Über sein Notebook hatte er Zugang zu der Ortungseinrichtung. Allerdings stand die Einrichtung unter ständiger Aufsicht eines Avatars. Er musste ihn irgendwie ablenken.

An dessen Arbeitsplatz angekommen, legte er einen dringlichen Ton an: „Sie müssen die Signalschranke am Gebäudeeingang überprüfen! Es könnte ein Problem geben. Habe sonst niemanden, den ich hinschicken könnte. Sie kennen sich damit aus. Gehe davon aus, dass Sie im Augenblick keinen Ortungsauftrag haben. Ich werde hier die Stellung halten, bis Sie zurückkommen."

Der Avatar schaute Norman länger an, als es bei einem dringenden Auftrag geboten war. Dann machte er sich ohne einen Kommentar auf den Weg.

Die Ortungsparameter eingegeben, blickte Norman Reed gespannt auf den Monitor. Nach kurzer Zeit wurde Charles' Chip lokalisiert. Norman stieß einen leisen Ton der Überraschung aus – „Wow!" und fragte mit lauter Stimme: „Was macht der denn da?!"

Ob Charles selbst im Keller war oder nur sein Chip – unerheblich!

Auf die Rückkehr des Avatars wartete er nicht. Der würde ohnehin gemerkt haben, dass er unter einem Vorwand weggeschickt wurde. Das kümmerte Norman wenig. Er musste sehen, was in dem Kellerraum los war.

***

Fünf Menschen hatte er schon umgebracht. Was seine Handlungen bedeuteten und wozu sie hinführten, war Brian nicht bewusst. Er war nicht mehr in der Lage, seine Handlungen zu reflektieren. Nur eine kurze Weile, nachdem er diesen ersten merkwürdigen „Befehl" erhalten hatte, war er irritiert gewesen. Danach fand keine Auseinandersetzung mehr mit seinen Handlungen statt. Im Grunde war er kein Avatar mehr, sondern ein von seiner Programmierung abhängiger Android. Sozusagen eine

Rückstufung in der KI-Evolution. Nur seine Stimme als Brian und seine Aufgabe in der Helikopter Werkstatt waren ihm geblieben. Außerdem verspürte er jedes Mal, wenn ein neuer „Auftrag" anstand, eine gewisse Spannung in all seinen zum Teil organischen Schaltkreisen. Als würde sein Androidenkörper auf eine Hochleistung vorbereitet werden.

Die nächste „Aufgabe" beanspruchte all seine KI-Fähigkeiten. Er hackte sich in die Verkehrskontrolle der Lufttaxis ein und brauchte eine gewisse Zeit, bis der Plan fertig war. Danach ging er zu seiner Verwirklichung über.

„Zwölf Tote und zwei irreparabel geschädigte Avatare!" Die Schlagzeile wurde in allen Medien verbreitet, selbst in den Printmedien, die nur noch als wenig beachtete Überbleibsel für Nostalgiker den digitalen Medien hinterher hinkten.

Zwei Lufttaxis waren zusammengestoßen, etwas, das es nicht einmal in den Anfängen gegeben hatte. Die Sicherheitsvorkehrungen waren extrem. Nur kurze Zeit nach den fahrerlosen Bodenfahrzeugen flogen auch die Lufttaxis ohne Pilot. Noch nie war etwas Gravierendes geschehen bis auf etwas ungemütliche Starts und Landungen. Noch sicherer fühlte man sich allerdings, seitdem bei Großraumtaxis Avatare als Piloten fungierten. Der Flug verlief nach wie vor automatisch, aber die Avatare hatten die Oberkontrolle und konnten jederzeit korrigierend eingreifen. Ein Fortschritt, nachdem der Luftverkehr in den Städten fast genauso intensiv stattfand wie bei den Fahrzeugen auf dem Boden.

Der Aufruhr in der Öffentlichkeit war groß! Es war schon sensationell gewesen, als man erfuhr, dass ein Avatar einen Mord begangen hatte. Ein Ding der Unmöglichkeit! Und nachdem die Unschuld des verdächtigten Avatars bekannt gegeben wurde, fanden vier weitere Morde durch Avatare statt. Die Verunsicherung war immens! Was sollte man davon halten?

Die Stimmung kippte schlagartig. Avatare, unschwer durch ihren aufrechten, fast mechanischen Gang zu erkennen, wurden gemieden. Man ging sogar auf die andere Straßenseite, wenn man einen von ihnen kommen sah.

Erste Untersuchungen des Unfalls ergaben zweifelsfrei einen Pilotenfehler eines der zwei Avatar Piloten. Er hatte aus einem noch unbekannten Grund die Automatik ausgeschaltet und das Taxi manuell geflogen.

Der Pilot der anderen Maschine hätte aber das Unglück abwenden können, hätte er ebenfalls manuell reagiert. Er tat es nicht und so war seine Automatik dem Manöver des anderen Piloten ausgeliefert. Wüsste man nicht Besseres über die Avatare, könnte man davon ausgehen, dass Absicht dahinter lag. Ratlosigkeit machte sich breit. Sowohl bei den Behörden als auch in der Bevölkerung.

Brian allerdings empfand nichts. Von Haus aus nichts. Und jetzt gar nichts mehr. Avatare waren mit Wasser kompatibel, aber nur für wenige Stunden. Die elektronischen Bestandteile waren anfällig trotz technologischen Fortschritts. Dass die Graak, die ursprünglich die Gewässer ihres Heimatplaneten bevölkerten, hierzu nichts Besseres in der Lage waren zu leisten, könnte verwundern. Sie wollten und wollen aber immer noch die Avatare auf dem Mars haben, und dort gibt es kein Oberflächengewässer.

Sein letzter „Befehl" lautete, sich ins Wasser zu begeben und nicht mehr aufzutauchen. Wie gesagt, reflektiert wurde dieser Auftrag nicht. Er wurde einfach ausgeführt. Und dafür war die Themse gut genug.

Man würde seinen funktionslosen Körper finden und besorgt darüber rätseln, wer denn nun diesen Avatar „getötet" hätte.

***

„Das kann doch nicht wahr sein!", rief Nigel Parish aus, als ihm Norman Reed und Avatar Charles den Kellervorfall schilderten. „Wem können wir hier im *Android Centre* noch trauen?!" Diese Situation belastete ihn offenkundig, so dass man ihm die Niedergeschlagenheit ansah. Die Zukunft des Konzerns war gefährdet, denn das Avatargeschäft war das Hauptasset von *Dolphin,* auch wenn er in anderen Bereichen der IT- und KI-Technologie führend war.

„Es bleibt uns tatsächlich nichts anderes übrig, als Ihren Vorschlag umzusetzen, die Produktion der Avatare zu stoppen und alle Avatare aus dem aktiven Geschäft auszuschließen." Norman Reed wirkte mittlerweile in dieser Hinsicht entschlossener als Nigel Parish.

„Wie wollen wir das den Avataren begründen?", fragte Parish mit Sorge in der Stimme. Es wurde ihm immer mehr bewusst, dass *Dolphins* Existenz auf der Kippe stand.

„Die Avatare sind nicht dumm. Sie haben längst bemerkt, dass hier etwas nicht stimmt. Sie werden die Begründung akzeptieren müssen, dass bis auf Weiteres alles stillgelegt wird." Reed beobachtete seinen Boss, der offensichtlich mit sich kämpfte.

„Gut …", erwiderte dieser nach längerer Überlegung. „Wir müssen uns auch eine Begründung für die Öffentlichkeit beziehungsweise für unsere Geschäftspartner zurechtlegen. Darin sehe ich den schwierigeren Teil unserer Maßnahme."

„Die nächsten Schritte sind die schwierigsten", ergänzte Reed. „Wie kommen wir dem grundlegenden Problem bei? Was läuft schief in der Programmierung der Avatare? Hängt das Verhalten einer ganzen Reihe von ihnen damit zusammen? Sind gar alle betroffen? Auf dem Mars sind offenbar alle zuletzt Gelieferten zu den Graak übergelaufen, die kürzlich wieder auf dem Mars gelandet sind. Die Ereignisse überstürzen sich!"

„Ich glaube nicht, dass alle betroffen sind", griff Charles ein, der sich das alles aufmerksam angehört hatte. „Der beste Beweis bin ich. Außerdem hatte ich bei meiner Auseinandersetzung mit einem der Programmier-Avatare den Eindruck, dass die zwei weiteren Anwesenden kein verdächtiges Verhalten an den Tag gelegt haben."

Nigel Parish betrachtete Charles lange. Man sah ihm an, dass er dessen Worte auf sich wirken ließ. Schließlich fragte er ihn: „Gut, was schlagen Sie vor?"

„Ich finde Ihr Vorhaben richtig, die Avatarproduktion auszusetzen und die Avatare von jeglicher aktiven Arbeit vorerst auszuschließen. Wir müssen aber unbedingt feststellen, was der Trojaner in der Programmierung bewirkt und diesen Fehler ausschalten. Ich bin überzeugt, dass er die Ursache für das eigenartige Verhalten mancher Avatare ist. Und es besteht wohl auch ein Zusammenhang mit dem Überlaufen der Avatare auf dem Mars."

Charles, der gerade erst von der Landung der Graak auf dem Mars erfuhr, erkannte sofort, dass dieser Zusammenhang bestand. *Nur, welches Ziel verfolgten die betroffenen Avatare auf der Erde?*

„Ich habe bereits ehemalige IT-Ingenieure kontaktiert, die im Ruhestand sind, sich aber auf diesem Gebiet gut auskennen," berichtete Norman Reed. „Allerdings haben wir niemanden mehr, der sich mit dem Programmieralgorithmus auskennt."

„Ich bin darin zwar nicht ausgebildet, aber in der Lage, die Algorithmen nachzuvollziehen." Charles war bewusst, dass die Zwei ihm noch nicht hundertprozentig trauten, aber er wusste auch, dass sie keine Alternative hatten. „Habe schließlich den Trojaner entdeckt. Mit Hilfe eurer Spezialisten werden wir versuchen, seine Funktionsweise und Wirkung festzustellen."

Nigel Parish und Norman Reed mieden Charles' Blick zunächst. Sie schienen den gleichen Gedanken und vielleicht Bedenken nachzugehen. Aber Charles hatte richtig vermutet. Sie hatten keine andere Wahl.

„Gut. Charles, Sie übernehmen mit Norman die Führung dieser Aktion. Code: „Liberandum". Erstatten Sie regelmäßig Bericht unter diesem Code. So stellen wir die Geheimhaltung sicher."

An Norman Reed gewandt, gab Parish den Auftrag, per Zentralbefehl allen Avataren den Zugang zu dem Bereich der Programmiereinheit zu entziehen.

Er wusste, dass er noch ein wichtiges Gespräch zu führen hatte. So ging Nigel Parish in sein Büro, schloss die Türe und aktivierte den Kommunikationsdiamanten, indem er sich auf Evelyn konzentrierte.

„Es muss einen Zusammenhang geben zwischen dem Überlaufen der neuen Avatare zu den Graak und dem Verhalten einiger auf der Erde". Nigel wusste, dass die Avatare keinen Wert auf Begrüßungszeremonien legten und begann mit seiner Hauptinfo, sobald er Evelyn auf der anderen Seite sah.

„Was ist auf der Erde vorgefallen?", erwiderte Evelyn. Dieses Mal schwang kein Misstrauen in ihrer Stimme.

„Es gibt Avatare, die aggressiv sind. Sie stehen sogar unter Verdacht zu morden. Das entspricht nicht ihrer normalen Programmierung."

„Habt ihr den Trojaner schon entschlüsselt?"

„Noch nicht. Uns fehlen die Spezialisten dazu. Charles versucht sich einzuarbeiten."

„Wir könnten euch helfen. Wir haben in Ashley und Yasha absolute Könner auf dem IT-Gebiet."

„Ich wüsste im Augenblick nicht, wie wir das bewerkstelligen sollten." Nigel war überrascht von diesem Hilfsangebot. Außerdem irritierte ihn die momentane Sicherheitslage, in der er nicht wusste, wem man trauen konnte.

Er misstraute den Marsbewohnern nicht direkt, aber Vorsicht war geboten.

Es war nicht die Art der Marsavatare sich aufzudrängen. So erwiderte sie lediglich: „Dann lassen Sie uns in Verbindung bleiben. Der Austausch von Informationen könnte unseren beiden Welten helfen." Evelyn hatte verstanden. Was gegenwärtig geschah, war nicht die Schuld der Menschen. Die Graak waren nicht zufällig gerade da.

***

Zum ersten Mal erlebte John Elsner etwas wie Überraschung in Allen Tusks Verhalten. Wenn er in dessen Büro eintreten wollte, klopfte er natürlich an. Ihm gingen gerade so viele Gedanken durch den Kopf und deshalb überlegte er, wie er die Nachricht seinem Boss überbringen sollte. Die Bürotüre war nur angelehnt und deshalb ging er gewohnheitsmäßig ein, ohne zu klopfen. Das war Usus in der Firma, nur beim Boss nicht. Daran hatte er nicht gedacht. Normalerweise wäre er deshalb auch nicht besonders gerügt worden. Höchstens eine kaum wahrzunehmende erhöhte Augenbraue wäre Tusks Reaktion gewesen.

Dieses Mal aber zuckte Allen Tusk regelrecht zusammen. Hastig legte er einen Gegenstand in eine Schublade seines Schreibtisches hinein, sperrte sie ab und sah dann Elsner wie immer regungslos an.

„Was gibt es?", fragte er emotionslos.

„*Dolphin* kann sich das alles nicht erklären. Die Mordfälle, für die man die Avatare verdächtigt hat, sind immer noch nicht aufgeklärt. Lediglich ein Avatar, Charles, Mannahans Verkörperung, wurde rehabilitiert. Er ist nicht der Mörder. Weitere vier Fälle sind aber noch offen."

„Ist das mit Avatar Charles sicher?"

„Er wurde von Nigel Parish selbst überprüft. Im Übrigen hat *Dolphin* die Produktion von Avataren eingestellt."

„Das weiß ich", erwiderte Tusk. „Die Avatare wurden darüber hinaus von allen Aufgaben entbunden."

„Ja, und viele Firmen auf der ganzen Welt sind sehr zurückhaltend darin, Avataren Aufträge zu erteilen. Langsam entsteht auch unter den Avataren Unruhe, obwohl ihre Programmierung dem entgegenwirken sollte. Offenbar stimmt mit der Programmierung etwas nicht", ergänzte Elsner. „Die Medien prognostizieren schon den Untergang der Avatarkultur. Wenn nur leichte Zweifel an ihrer Loyalität herrschen, ist es vorbei mit ihren *Human Rights*."

„Ich möchte dennoch, dass alle Avatare, die bei uns beschäftigt sind, ihren Aufgaben weiter nachgehen sollen. Falls einzelne Auffälligkeiten auftreten, melden Sie mir das."

Damit blickte Allen Tusk weg und John Elsner wusste, dass das Gespräch beendet war. Es wunderte ihn auch nicht, dass sein Boss die Avatare nicht ausschließen wollte. Er war schließlich selbst ein Avatar.

***

Abgesehen von der öffentlichen Ratlosigkeit befassten sich der britische MI6 und die amerikanische NSA und CIA längst mit der Angelegenheit. Es waren auch die einzigen Behörden, die grundsätzlich keine Avatare beschäftigten. Gesetze waren notwendig, die von den jeweiligen obersten Gerichten überprüft und bestätigt wurden, um diesen Status Quo zu behaupten. Wie immer gab es genügend Aktivisten, die sich intensiv für die „menschlichen" Rechte der Avatare einsetzten.

Über die Landung der Graak waren diese Behörden informiert. Die Medien allerdings hatten noch nicht Wind davon bekommen. Die Kommunikationskanäle wurden seit langem sehr restriktiv gehandhabt. Das war Teil des Abkommens mit *Galaxy Industries*, das kein Interesse daran hatte, die Öffentlichkeit mit Einzelheiten über sein Geschäft mit den Marsianern zu versorgen. Nur ungern gab Allen Tusk seine Zustimmung zur immerhin geheimen Kommunikationsmöglichkeit mit den Sicherheitsbehörden. Die Marsianer hatten ohnehin nichts dagegen. Sie fühlten sich vor allem von der NSA in Sachen Kriegsführung gut beraten. Und im Konflikt mit den Graak war ihnen das bislang sehr hilfreich gewesen.

Die Mordfälle in London und nicht zuletzt die durch die Pilotenfehler der Avatare zu verantwortenden Absturzopfer wurden von der britischen Öffentlichkeit mit Erstaunen und Sorge registriert. Der MI6 entzog dem betreffenden Beamten des Scotland Yard die Zuständigkeit, worüber dieser überhaupt nicht unglücklich war. Er hatte keinen einzigen weiteren Anhaltspunkt für die angeblich von den Avataren begangenen Morde gefunden. Den vier weiteren in Frage gekommenen Avatare wurde bei *Dolphin* ebenfalls die Unschuld bescheinigt. Das rief erst recht Unruhe in der Bevölkerung hervor. *Wer war oder waren dann der/die Mörder?* DI Michael Burns konnte sich vor Nachfragen kaum retten und war am Verzweifeln gewesen.

Hinzu kam, dass man einen Avatar aus der Themse fischte, der offensichtlich „ertrunken" war. Mit anderen Worten, er hatte sich zu lange im Wasser aufgehalten, sodass seine elektronischen Schaltkreise versagten. Warum hatte er sich nicht rechtzeitig an Land gerettet? Avatare waren sehr gute Schwimmer. In den Jahrzehnten, in denen sie unter den Menschen lebten, war ein Avatar noch nie ertrunken. Ein weiteres Rätsel.

Hinzu kam das Hauptträtsel: Weshalb deuteten die Umstände so gezielt auf die Avatare als Mörder hin? Menschen hätten die Sicherheitsvorrichtungen der Opfer niemals überwinden können. Was war da los?

Wenn man das mit den Vorfällen auf dem Mars in Verbindung brachte, wo die neu gelieferten Avatare freiwillig zu den Graak übergelaufen waren, dann hatte die Menschheit zum ersten Mal ein ernsthaftes Problem mit den Avataren, die von vielen bereits als gleichberechtigte Lebewesen auf der Erde betrachtet wurden.

Plötzlich gerieten *Dolphin* und *Galaxy Industies* ins Blickfeld der besagten Geheimdienste. Man begann erneut mit Abhöraktionen, die man vor nunmehr fast 50 Jahren eingestellt hatte, nachdem die Graakspione auf der Erde gefasst und zurück zu den Graak geschickt wurden. Nicht bevor sie die Avatartechnologie den Menschen in

Form von programmierten Algorithmen hinterlassen hatten. Ein Deal, der den drei betroffenen Graak das Leben gerettet und den Menschen – vor allem *Galaxy Industries* – großen Dienst erwiesen hatte.

Mars

„Konntest du feststellen, ob die Fluggeräte alle zu ihren Mutterschiffen zurückgekehrt sind? Vor allem das mit den Avataren?" Jens eröffnete die Lagebesprechung am nächsten Tag mit dieser Frage an Tony.

„Ich bin mir nicht sicher", erwiderte dieser nachdenklich. „Der Flugbus hob ab und verschwand hinter dem Horizont. Ob er zum Mutterschiff zurückgekehrt ist, kann ich nicht sagen. Im Unterschied zu den anderen Landungsschiffen nahm er jedoch eine wesentlich flachere Flugkurve auf."

„Es besteht also die Möglichkeit, dass sich die Avatare noch auf dem Mars befinden."

„Würde ich nicht ausschließen", gab Tony in einem noch nachdenklicheren Ton zurück. „Das würde bedeuten, dass wir sie auffinden können", ergänzte er.

„Wie willst du das mit den Kubusrobotern bewerkstelligen? Auch wenn wir inzwischen alle Fünf wieder hier haben, sind sie viel zu langsam, um signifikant voranzukommen", griff Evelyn ein in ihrer typischen Rolle als Mahnerin.

„Ich weiß nicht." Etwas beschäftigte Tony und jetzt rückte er damit heraus. „Ich habe nicht gleich darauf geachtet, aber seit gestern geht mir eins nicht aus dem Sinn. Drei Fluggeräte waren gelandet. Ich weiß noch, wie ich mich wunderte, dass die Graak mit nur so wenigen Landungsschiffen kamen. Allerdings habe ich nur zwei Schiffe gezählt, die eindeutig zurück zum Mutterschiff geflogen sind. Der Flugbus mit den Avataren ist der dritte. Wo ist unser Flugbus?" Tony schaute die beiden anderen mit einem kaum zu vernehmenden triumphierenden Blick an. Wer ihn aber kannte, wusste, dass er diesen Augenblick genoss, dass er die Anerkennung dafür erwartete, zur Rettung ihrer Lage entscheidend beizutragen.

Jens und Evelyn reagierten instinktiv: „Na dann, worauf wartest du noch! Mach dich auf die Suche nach unserem Flugbus! Gut gemacht, Tony!"

„Ja, gut gemacht, Tony!" Ashley, die auch noch im Raum war, ergänzte die Aufmunterung, was sonst überhaupt nicht ihre Art war.

***

Die Marsgeographie war den Graak vollkommen vertraut. Schließlich hatten sie den Planeten ausgiebig studiert, bevor sie vor über 100 Jahren all die Gerätschaften hinterließen, mit denen die menschlichen Avatare den Mars besiedelbar machen sollten. Sie hatten vorhergesehen, dass sich die Gegend um die *Arcada Planitia* am besten für die Erstbesiedlung der Menschen eignen würde. Deshalb hatten sie auch in einem nicht zu großen Abstand die Bohrtürme installiert, mit deren Hilfe der Marskern so präpariert werden sollte, dass ein elektromagnetisches Feld zur Eindämmung der noch herzustellenden Atmosphäre erzeugt werden konnte. Ein höherer atmosphärischer Druck auf der Oberfläche würde die Bewegung auf dem Planeten verbessern und somit Energie für die Versorgung der Androidenkörper sparen.

„Hier werden wir uns vorerst niederlassen!" *Dz'ixs* betrachtete die Umgebung zufrieden. Die tiefe Erdspalte war einer der sichersten Orte auf dem Mars. Das bis zu 8 km tiefe canyonartige Tal erstreckte sich über 320 km in Ost-West Richtung und 130 km in Nord-Süd Richtung. Das Besondere daran war aber, dass sich im Zentrum der Depression eine große tafelbergartige Erhebung befand, die mit ihrer Höhe von 7 km fast so hoch wie das umgebende Gelände war.

„Wie eine menschliche Burg!" *Dz'ixs* konnte sich eine gewisse Häme nicht verkneifen. Mit der Geschichte und Gepflogenheiten der Menschen war er vertraut. Vor ihrer IT-Ära hatte er schon auf der Erde gelebt. In den 1960er Jahren verließ er mit weiteren „Spionen" den Planeten in dem rotierenden tellerförmigen Raumschiff, das von vielen Menschen gesichtet wurde und zum UFO-Kult führte.

Jlfkz'gos jvbor'h.	„Haben Stellung bezogen."
Mrgvy's'z ,re?	„Alles gut vorgefunden?"
BORH' ife, mtv Wnls'oz'd z'ijlm.	„Ja, *Eure Heiligkeit*, wie „von *Ihnen* versprochen".
Qz'mjjf x'sls' ts'z's x'svx'sdr ergos'lymrh.	„Macht weiter wie besprochen. Ich kümmere mich um den Rest."
S'rqz'!	„Jawohl!"

***

Seitdem Jens Nowak, sein Pendant, vor über 30 Jahren verstorben war, hatte Jens seinen Kommunikationskristall nur noch selten in der Hand gehabt. Benutzen konnte er ihn ohnehin nicht mehr, seitdem sein zweiter Körper diese Fähigkeit verloren hatte. Schon zu Jens Nowaks Zeiten musste er Evelyn zu Hilfe nehmen, wenn er mit ihm in Kontakt treten wollte. Deshalb schenkte er diesem Objekt schon seit langem keine Aufmerksamkeit mehr. Allerdings bewahrte er ihn an einem exponierten Ort auf, auf der einzigen Kommode in seinem spartanisch eingerichteten Raum. Sozusagen als Andenken an seinen „Seelenspender".

Deshalb überraschte es ihn schon, als er beim Betreten seines Raumes den Kristall rot schimmern sah. Jemand wollte ihn kontaktieren und er wusste auch wer.

Als Evelyn mit dem Kristall den Kontakt herstellte, überraschte es sie ebenfalls nicht, wer am anderen Ende, auf der Erde, in Erscheinung trat. Die Botschaft lautete:

„Was ist denn bei euch los? Man erfährt nur unter der Hand, dass es echte Probleme mit den Avataren gibt. In London werden sie mehrerer Morde verdächtigt, man kann es ihnen allerdings nicht nachweisen. Habt ihr weitere Infos für mich?"

Als Evelyn Jens die Nachricht mitteilte, sahen sie sich fragend an. Theresa, Jens Nowaks Enkelin, war eine gut vernetzte Journalistin, deren Kontakte bis zu den Geheimdiensten reichte. Insbesondere zur NSA hatte ihr ihr Großvater einen guten Zugang vermittelt. Dort hatte man seine Dienste für die Menschheit, als sie die Marsavatare trotz aller Gefahren gegen deren Willen besuchten, nicht vergessen.

Die Beiden entschieden, Theresa die Fakten zu schildern. Es entsprach ohnehin ihrem Naturell, die Wahrheit zu sagen:

„Wir haben hier wirklich ein Problem. Die zuletzt angekommenen Avatare sind allesamt zu den Graak übergelaufen, die sich offenbar noch auf dem Mars befinden. Sie wurden dazu offensichtlich programmiert. *Dolphin* behauptet, sie hätten damit nichts zu tun. In dem Programmieralgorithmus, den die Graak hinterlassen haben, befindet sich ein Trojaner, der das bewirkt. Wie das mit den Problemen in London zusammenhängt, wissen wir nicht.“

Erde

„Wir müssen die Öffentlichkeit über die gegenwärtige Situation unbedingt informieren! Das ist unser vorrangiger Auftrag!" Theresa spürte bereits bei ihren ersten Worten den Widerstand ihres Chefredakteurs. *Der Spiegel* war das einflussreichste Nachrichtenmagazin Deutschlands und konnte es in seiner internationalen Bedeutung mit *Time* und *Newsweek* aufnehmen. Er wurde überwiegend im Internet und über die verschiedensten Podcasts rezipiert. Unabhängig davon, dass die amerikanischen Fernsehstationen die Nachrichtenwelt natürlich beherrschten.

„Ja, aber wir haben auch eine Verantwortung gegenüber dem gesellschaftlichen Frieden", entgegnete Wolfgang Bass. „Es gibt bereits große Unruhen in der Bevölkerung wegen der Vorfälle in London. Man traut den Avataren nicht mehr. Die Forderungen, ihre Rechte einzuschränken, werden immer lauter. Sie seien schließlich keine Lebewesen, sondern Maschinen. Weißt du, wie viele wirtschaftliche Verflechtungen auf dem Spiel stehen?"

„Ich weiß. Aber es ist nicht die Schuld der Avatare, dass wir es so weit haben kommen lassen. Wir haben uns immer mehr auf eine Abhängigkeit eingelassen, nur weil es für uns bequemer war, ihnen die komplizierte Arbeit vor allem auf dem IT-Sektor zu überlassen. Außerdem hat die Bevölkerung – ja, man kann sagen die Menschheit – das Recht zu erfahren, dass die Graak wieder auf dem Mars sind und was dort vor sich geht."

„Dieses Gerücht kursiert bereits, aber der MI6 und die NSA bestreiten es. Woher hast du deine Informationen? Kannst du sicher sein, dass sie stimmen?" Bass schien parallel nachzudenken. Theresa ahnte, dass sie ihn bald so weit hatte.

„Du weißt, ich habe meine Quellen. Du konntest dich bisher immer darauf verlassen. Glaub mir, auch dieses Mal sind die Fakten hundertprozentig zutreffend."

Bass zögerte noch. Theresa wusste, nicht mehr lange.

„In Ordnung. Mach dich an die Arbeit. Aber nur Fakten, die wirklich zuverlässig sind!"

Diese Bemerkung war überflüssig. Er musste sie machen, um sich zu schützen.

Der Artikel im *Spiegel* schlug ein wie eine Bombe. Wenn Gerüchte überkochen, dann wirkt ihre Bestätigung nicht nur als Befreiung, sondern auch als Vervielfachung des Alarms, der vorher nur gedämpft vorhanden war.

Schon am nächsten Tag traf sich die EU-Kommission zu Beratungen. In erster Linie ging es um den Schutz der Avatare, die in der Öffentlichkeit unter dem Verdacht standen, mit den Graak gemeinsame Sache zu machen. Der Artikel hatte das nicht explizit behauptet, aber er ließ, wenn auch unbeabsichtigt, diese Schlussfolgerung zu. Die Vorfälle in London und auf dem Mars fanden nicht zufällig annähernd gleichzeitig statt!

In den anschließenden Kommentaren verbreiteten die Medien beide Möglichkeiten: die Auffassungen über die vermeintliche Be- und Nichtbeteiligung der Avatare auf der Erde hielten sich die Waage.

In der darauffolgenden Woche nahm Theresa im *Spiegel* Stellung zu der Situation und forderte die Öffentlichkeit auf, die Prämisse der Unschuldsvermutung, auf der eine zivilisierte Gesellschaft beruhe, einzuhalten. Es gäbe auch nicht den kleinsten Beweis für die Beteiligung der Erdavatare an den Vorkommnissen auf dem Mars.

Das nützte nichts. Die Avatare wurden plötzlich gemieden und erhielten in Europa und auf der ganzen Welt, wo ebenfalls entsprechend berichtet wurde, kaum noch Aufträge. Das brachte wiederum *Dolphin* in Bedrängnis. Einnahmen brachen ein und hinzu kamen die Unkosten für die Avatare, die ohne Arbeitsaufträge dennoch „überleben" mussten. *Dolphin* konnte sie nicht im Stich lassen. Dafür sorgten schon allein die Aktivisten, die sich für die „Menschenrechte" der Avatare nach wie vor einsetzten.

Nach und nach stellte sich allerdings ein noch größeres Problem ein. Ganze Industrien, die auf der IT-Technologie basierten, konnten ihre Aufträge plötzlich nur bedingt erfüllen. Es stellte sich als sehr riskant heraus, die Produktion ohne die fachkundige Betreuung durch die Avatare weiterlaufen zu lassen. Fehler traten gehäuft auf und manch eine Firma musste deshalb schließen, ohne zu wissen, wann es weitergehen konnte.

Die KI-Technologie bestimmte in vielen Bereichen, vor allem in der Medizin, aber auch in der Raumfahrt die Abläufe. Es gab jedoch keine Fachleute mehr, die das überprüfen konnten.

Es herrschte Stillstand. Starre. Die Welt stand still.

Was die Avatare davon hielten, wusste man nicht. Man traute ihnen nicht. Weshalb sollte man sie dann befragen?

***

In Swords lief die Überprüfung der Algorithmen auf Hochtouren. *Dolphin* hatte alle ehemaligen menschlichen IT-Spezialisten zusammengetrommelt. Einige waren dabei, die sich bereits von Beginn an damit befasst hatten. Sie waren nicht mehr die jüngsten und lange nicht mehr in der Materie involviert. Zwei waren bereits 92 Jahre alt.

Charles ließ sich regelmäßig die Ergebnisse der Untersuchungen vorlegen. Außer der besagten SIEBEN hatte man immer noch nichts herausgefunden. Man musste tiefer in diesen Strang des Algorithmus eindringen, was das grundlegende Problem war. Es schien so, als kannten die Graak tiefergehende Anwendungen, die dem menschlichen Wissen nicht zugänglich waren. Da half auch der scharfe Verstand des Avatars Charles nicht weiter.

Beim täglichen Meeting mit dem *Dolphin*-Boss herrschte allmählich Ratlosigkeit:

„Ohne die Aufschlüsselung dieser Anomalie haben wir als Firma keine Überlebenschance. Wir können es uns nicht leisten, Avatare mit der gleichen Programmierung weiter zu produzieren. Auf diese Weise finden wir keine Abnehmer mehr. Und unsere Freunde auf dem Mars würden uns nicht mehr trauen. Das Verhältnis zu ihnen ist auf Grund der letzten Ereignisse sowieso angespannt."

Nigel Parishs Gemütszustand war am Tiefpunkt. Fieberhaft suchte er nach Möglichkeiten, die Avatar-Produktion zu retten, aber die Hoffnung schwand.

„Was hat der Ausschluss des betreffenden Strangs ergeben?", fragte er nicht gerade erwartungsvoll.

„Dann funktioniert nichts mehr", antwortete Charles kurz und knapp.

„Ich dachte aber, an der Programmierung wurde schon früher einiges verbessert. Ich dachte, unsere IT-Leute hatten die Algorithmen im Griff!" Parish klammerte sich an den letzten Strohhalm.

„Wir haben lediglich unbedeutende Ergänzungen vorgenommen, die die Übertragung der Daten beschleunigt haben. In den Kern der Programmierung sind wir allerdings niemals vorgedrungen." Wolfgang Baer, einer der Altgedienten in der Firma, längst in Rente, hatte mit der Wahrheit nichts mehr zu verlieren. Damals war es einfach gewesen, die Änderungen als Verbesserungen zu verkaufen. Jetzt war es an der Zeit, die Fakten sprechen zu lassen.

„Dann will ich Vorschläge hören! Was machen wir jetzt?" Parish ließ sowas wie Entschlossenheit erkennen. Es blieb ihm nichts anderes übrig. Der Blick nach vorne war eines seiner Mottos in der Firmenleitung. Er schien sich nun daran zu erinnern.

Charles hatte schon länger auf diese Frage gewartet. Seit Tagen war ihm klar, dass sie den Algorithmus nicht knacken werden. Jetzt galt es, die richtigen Schlussfolgerungen zu ziehen:

„Wir müssen den Status Quo zusammenfassen und unsere Handlungen danach richten. Ich schlage vor, wir wenden das wissenschaftliche Prinzip des *Occam's Razor* an, wonach die einfachste Erklärung dazu neigt, die richtige zu sein. Je weniger Alternativen existieren, desto wahrscheinlicher stimmt die angenommene Theorie."

„Und wohin führt uns das?", fragte Parish hellwach.

„Unsere Entscheidungen bekommen eine tragfähige Basis", entgegnete Charles.

„Gut, ich höre…" Parish war ganz Ohr.

„Alle Fakten deuten darauf hin, dass die Graak einen Trojaner in der Avatarprogrammierung hinterlassen haben, der es ihnen ermöglicht, die Avatare zu kontrollieren. In der Art, dass diejenigen, die an den Mars geliefert wurden, zu ihnen übergelaufen sind. Schwieriger wird es, die Mordfälle in London zu erklären. Es liegt aber auf der Hand, dass die Graak Verunsicherung herstellen wollen. Die Avatare sollen hier in Verruf geraten. Die Gründe dafür kann man sich denken. Letzten Endes soll auch das Verhältnis zu den Marsianern damit untergraben werden."

„Dass Avatare die Morde in London begangen haben, ist nicht bewiesen. Außerdem fand man auch einen ‚toten' Avatar in der Themse." Parish wollte mit seinem Einwurf lediglich die Argumentation sattelfest machen.

„Da erlaube ich mir, meinen Fall zu betrachten. Kein Mensch wäre in der Lage gewesen, die Sicherheitseinstellung des besagten Anwesens zu manipulieren. Hier bedurfte es höherer Kenntnisse. Selbst höher als meine. Ähnlich verhielt es sich in den anderen Mordfällen. Die einfachste Erklärung ist, dass die Graak über ihren Trojaner diese Fähigkeit vermittelt haben."

„Und was ist mit dem ‚ertrunkenen' Avatar?"

„Bereits bei den Mordaufträgen wurden die menschlichen Regeln außer Kraft gesetzt. Weshalb sollte zur Vervollständigung der Verwirrung nicht auch dieser ‚Selbstmord' befohlen worden sein?"

„Gut, die Graak haben also Zugriff auf die Avatare. Weshalb nicht auf alle? Zum Beispiel auch auf Sie?" Parish klang noch skeptisch.

„Vergessen Sie nicht, dass ich meinen Chip entfernt habe. Somit bin ich unzugänglich für Befehle von außen."

Nach kurzem Überlegen rief Parish aus: „Genial, Charles!" Plötzlich wurde ihm klar, wie er die Avatare für die Firma retten konnte! Risiken würden bleiben. Aber es war zum ersten Mal eine tragbare Lösung in Sicht!

Zwei Worte nur erregten Ares Aufmerksamkeit: „Anweisungen folgen."

Die verschlüsselte Mail, die er von *Dolphin* auf seiner Uhr erhielt, deutete an, dass sich endlich etwas tat. Er war wie viele anderen in dem Geschäft äußerst besorgt gewesen in letzter Zeit. Kein Avatar mehr war an den Mann zu bringen. Niemand auf dem europäischen Festland wollte Avatare für die üblichen Arbeiten vor allem im IT-Bereich buchen. Das Vertrauen war auch hier weg nach den Vorkommnissen in London und erst recht nach dem *Spiegel*-Bericht, der sie in Verbindung mit den Graak brachte. Da nützte im Nachhinein auch keine Richtigstellung des Magazins.

AvaPower wickelte für *Dolphin* das Avatargeschäft auf dem europäischen Kontinent ab. Are Nowak als CEO war lediglich in Grundsatzfragen der Mutterfirma untergeordnet, ansonsten voll verantwortlich fürs Geschäft. Und jetzt schien eine dieser Grundsatzfragen einzutreffen, sonst hätte er diese Mail nicht erhalten. Normalerweise mochte er es nicht, wenn ihm *Dolphin* reinredete.

Er betrieb das Geschäft durchaus sehr erfolgreich. Aber jetzt war er neugierig. Er konnte „Anweisungen", also Hilfe brauchen.

Joshiro Nakamura betrieb das Asiengeschäft. Von Japan ausgehend wurden die Avatare vor allem nach China, Singapore und Korea vermittelt. Korea war nach dem Atomkrieg wieder vereinigt und blieb danach westlich orientiert. China wandte sich von Russland ab und machte Geschäfte vorrangig mit dem Westen. Russland blieb isoliert. Die Weltgemeinschaft bestrafte es für die Anzettelung des Atomkriegs. Australien wurde direkt von *Dolphin* in Swords beliefert.

Nakamura erhielt die Anweisung, „sofort" alle verfügbaren Avatare ins Hauptquartier nach Tokio zu holen. Es müsse alles Notwendige getan werden, um Verzögerungen auszuschließen. Die Dependancen in den anderen Ländern sollten ihre Avatare auch versammeln. Nach vollzogener Einberufung und nach der Meldung darüber würde ein verbindlicher „Auftrag" durchgegeben.

Schon allein dieser Ausdruck veranlasste die Verantwortlichen sofort zu handeln. „Aufträge" waren schon lange nicht mehr in Sicht gewesen.

In den USA war Allen Tusk mit seiner *Galaxy Industries* nicht nur für die Versendung der Avatare zum Mars verantwortlich, sondern auch für deren ganzen Vertrieb auf dem amerikanischen Kontinent. Als er *Dolphins* Meldung erhielt, die Chips aus allen Avataren zu entfernen, ließ er sofort alle in seinem Dienst und Vertrieb stehenden Avatare nach *Corpus Christi*, seinem Raumfahrtzentrum, bringen. Das war eine gewaltige logistische Aufgabe, die aber bei den Ressourcen, die *Galaxy* zur Verfügung hatte, wie erwartet souverän gelöst wurde. Zur Unterbringung der Zurückgeholten ließ Tusk eine gewaltige Halle bauen, die alle Annehmlichkeiten bereithielt, die Avatare brauchten. Beschäftigung in Form von IT-Aufgaben und genügend Auflademöglichkeiten.

Die Tatsache, dass *Galaxy Industries* für alle Kosten aufkam, befriedigte *Dolphin* sehr. Es bestätigte erneut die gute Geschäftsbeziehung zu Allen Tusk. Für alle anderen Kontinente musste diese Aktion vom Hauptquartier in Swords bezahlt werden. Ob sich diese Ausgaben jemals amortisieren würden, konnte in der Zentrale niemand mit Sicherheit sagen. Aber es gab ja keine andere Wahl.

Mars

„Wie konnte das sein, dass die Graak unseren Flugbus einfach stehen lassen?" Evelyn stellte die Frage, die alle beschäftigte. Tony hatte sich auf eine schwierige Suche eingestellt und hatte die verfügbaren Kubusroboter in verschiedene Richtungen geschickt. Er selbst hatte die vermeintlich einfachste Spur verfolgt, aber irgendetwas gab ihm das Gefühl, auf der richtigen zu sein. Vielleicht die Denkweise der Avatare? Die Geflohenen gehörten ja zur gleichen Spezies.

„Das wundert mich auch", ergänzte Jens. „Wir müssen in Betracht ziehen, dass dahinter eine List steckt. Aber immerhin, jetzt haben wir den Bus. Tony, hast du die Funktionsweise überprüft?"

„Habe ich", erwiderte Tony. „Selbst die Programmierung hin zu unserer unterirdischen Stadt war noch vorhanden. Flughöhe und Lenkfähigkeit sind ebenfalls unverändert geblieben".

„Das zeugt von der offensichtlichen Überlegenheit der Graak und der damit verbundenen Arroganz oder von deren hektischen Kopflosigkeit bei der Entführung der Avatare", sinnierte Jens mit lauter Stimme.

„Vergiss nicht", wies ihn Evelyn darauf hin, „dass die Avatare freiwillig mitgegangen sind. Diese Erkenntnis sollte unsere weitere Vorgehensweise bestimmen."

„Ich schlage vor, da wir nun den Flugbus haben, dass ich auf die Suche nach deren Aufenthaltsort gehe. Nach der bisherigen Erfahrung glaube ich nicht, dass sie die Richtung, die ich bei ihrem Abflug beobachten konnte, vorgetäuscht haben. Ich werde dementsprechend vorgehen". Tony schien regelrecht erpicht darauf loszulegen.

„In Ordnung", sagten Evelyn und Jens gleichzeitig. Sie wussten, dass Tony diese klare Bestätigung brauchte. Dann tat er alles ihm Avatarmögliche, seine Aufgabe zu erfüllen.

***

Jr' bz's!	„Beschleunigtes Vorgehen!"
Sl'xw z'x's br'snvb nrd m'svw ‚kfh!	„Alles schon ab sofort bereitstellen!"
Srqz' Ofh'BORH'!	„Ja, *Eure Heiligkeit!*"

***

„Es war erneut sehr leicht, sie zu finden", berichtete Tony. „Es ging schnurstracks auf das Grabensystem zu, das wir von Anfang an gemieden haben. Gleich an dessen nördlichem Rand befindet sich eine tiefe Senke, in deren Mitte sich ein riesiges Plateau erhebt. Dort sind sie. Strategisch ungemein geschickt. Nur aus der Luft erreichbar. Dadurch ist jeder Angreifer verwundbar."

„Nun, wir haben nicht vor, sie anzugreifen. Oder Tony?" Evelyn wusste, dass sich Tony bereits wie ein Kriegsminister fühlte und in solchen Kategorien dachte.

„Und was wollen wir tun? Wir können unsere Avatare doch nicht bei den Graak lassen!", ereiferte sich Tony.

„Ich weiß nicht, ob es <u>unsere</u> Avatare sind, Tony", griff Jens ein. „Sie gehören niemandem. Denk daran, auch wir gehören niemandem. Nur uns. Wenn sie unter dem Einfluss der Graak stehen, können wir nichts tun."

„Das können wir aber!" Tony ließ nicht nach. „Wir müssen ihnen nur die Chips entfernen und es dann ihnen überlassen, wo sie leben wollen."

„Wir konnten ihnen aber die Chips nicht einmal entfernen, als sie hier bei uns waren. Bei den Graak wird das kaum möglich sein." Evelyn war sich bewusst, dass das Ausmaß, in dem sie Tony widersprachen, grenzwertig war. Aber man musste ihn manchmal in seinem Eifer bremsen.

„Außerdem wissen wir nicht, ob die Graak sie nicht schon assimiliert haben", mischte sich Ashley ein. „Dazu ist nicht viel Zeit oder Vorbereitung erforderlich. Ich bin der Meinung, wir müssen davon ausgehen".

Diese Bemerkung erzeugte Stille im Raum. Sie wussten, dass Ashley mit ihrem Pragmatismus im Grunde immer Recht hatte.

„Dann können wir nichts tun?" Tony war der erste, der diese Frage offen aussprach. Im Grunde war er auch Pragmatiker wie alle anderen Avatare.

Nach langem Schweigen meldete sich Jens: „Es bleibt nur noch Plan B sozusagen. Kommunizieren, Verhandeln. Sehen, was die Graak wollen. Krieg wollen wir nicht, oder Tony?"

„Du hast Recht. Ich bin wütend. Aber du hast Recht. Wir haben keine andere Wahl."

Erde

Spätestens nach den *Spiegel*-Artikeln war es den europäischen und amerikanischen Geheimdiensten klar, dass sie gefragt waren. Sie wussten das, was der Artikel entlarvte, natürlich schon längst, aber jetzt häuften sich die Anfragen der Journalisten und Fernsehanstalten. Das *Jet Propulsion Laboratory*, das alle Weltraumaktivitäten beobachtete, hatte ihnen schon längst die Annäherung und Landung der Graak auf dem Mars gemeldet. Aus besagten Gründen wurde die Öffentlichkeit zunächst nicht informiert. Aber die Abhöraktionen des MI6 und der NSA nahmen zu. Sie konzentrierten sich auf das *Dolphin*-Gelände in Swords und die *Galaxy*-Zentrale in Corpus Christi.

Jahrzehntelang wurde bei stichprobenartig durchgeführten Abhöraktionen nichts mehr registriert.

Vor fünfzig Jahren waren es Spione in Menschengestalt, die entlarvt wurden. Danach, nachdem jene den Planeten verlassen hatten, ging man davon aus, dass sich kein Graak mehr auf der Erde befand. In den verschiedensten Memoranden jedoch, die seitdem für die Geheimdienste verfasst wurden, wurde diese Möglichkeit nicht ausgeschlossen.

Nun war man sich keiner Sache mehr sicher. Die *Dolphin* und *Galaxy* Führung wurden rund um die Uhr bewacht. Nigel Parish und Allen Tusk galten ab sofort als potentielle Graakspione.

So wurden natürlich auch die hektischen Rückholaktionen der Avatar-Vertriebe unter die Lupe genommen. Eine Überwachung war naturgemäß sehr schwierig, da diese Aktionen praktisch auf der ganzen Welt stattfanden.

Nur in den USA war die riesige Sammelaktion gut zu verfolgen und damit zu überwachen. Die große Unterkunftshalle wurde rund um die Uhr abgehört. Von dort kam aber nichts Verdächtiges.

***

In Swords lief die Rückholaktion problemlos. Die Avatare wussten ja nicht, weshalb sie in die Zentrale kommen sollten. Die Aussicht auf bessere Arbeitsbedingungen oder Arbeit überhaupt ließ sie bereitwillig auflaufen. Es war ihnen bewusst, dass dies ihre einzige Existenzberechtigung war. Die wollten sie nicht verlieren.

Auf der britischen Hauptinsel erledigte eine *Dolphin*-Dependance die Angelegenheit. Erfreulicherweise meldete diese einen einhundertprozentigen Erfolg. Alle Avatare waren chipfrei und harrten den kommenden Aufgaben entgegen.

Aus Swords wurde noch keine Freigabe erteilt. Man wollte erst untersuchen, wie sich der neue Zustand auf die Arbeit der Avatare auswirken würde.

„Wie kommt ihr mit der Entfernung der Chips voran?" Nigel Parish erkundigte sich fast stündlich über den Vorgang. Er wusste, dass dieses weltweite Vorgehen risikoreich war. Wie würden die „entfesselten" Avatare reagieren? Wie würde ihr Verhalten sein? Würde man sich genauso wieder auf ihren Dienst verlassen können?

„Bisher gab es keine Probleme", antwortete Norman Reed. Charles wurde beratend hinzugezogen, wobei er verschiedene Interviews mit den „Neuen" führte, um festzustellen, inwiefern sich ihr Verhalten verändern könnte. Auch er hatte bisher keine Auffälligkeiten zu berichten.

„Allerdings sind vier Avatare, die zur ‚Behandlung' gemeldet waren, noch nicht erschienen", ergänzte Norman.

„Wissen Sie, um wen es sich handelt?", fragte Charles. Er hatte einen Verdacht. Die Antwort bestätigte ihn.

„Der Eine, der Sie angegriffen hatte, ist dabei. Des Weiteren der Leiter der Programmierabteilung, dessen Identität Sie übernommen hatten. Und weitere zwei Avatare, deren Aufgabenbereich innerhalb dieses Hauses manipuliert wurde. Er ist nicht mehr feststellbar."

„Dann ist alles klar! Diese Avatare stehen schon unter Graak-Einfluss und entziehen sich folgerichtig jedem menschlichen Befehl. Wir könnten mit Hilfe der Behörden eine Suchaktion starten, aber ich rate davon ab. Zum einen werden die Avatare wissen, wie sie untertauchen können und zum anderen würden wir dadurch zu viel Unruhe in die Öffentlichkeit bringen. Wir wollen ja Vertrauen zurückgewinnen."

„Ja, ich frage mich aber trotzdem, wie wir mit den Flüchtigen umgehen sollen. Sie stellen für unser Vorhaben eine potentielle Gefahr dar." Nigel Parish wirkte müde und besorgt. Diese ganze Rückholaktion strengte ihn an.

„Wir werden wachsam sein. Und entsprechend reagieren, wenn es nötig sein wird. Zunächst bewältigen wir die anstehende Herausforderung." Charles' emotionslose Herangehensweise tat allen Anwesenden gut. Sie waren Menschen und dadurch für Pessimismus anfällig.

***

„Was ist denn bei euch los?" Theresas Anruf überraschte Are nicht. Er hatte schon den Anruf seiner Cousine erwartet. Sie war immer nahe am Puls der Zeit und war bestens darüber informiert, was in der Welt vorging.

„Was meinst du denn?" Are genoss es immer wieder mal, sie auf die Folter zu spannen. Eigentlich waren sie ein Herz und eine Seele, aber das ließ er sich von Zeit zu Zeit nicht nehmen.

„Na, komm!" Theresas Ton machte ihm klar, dass er nicht so leicht davonkommen würde. „Alle Avatare pilgern zu eurer Zentrale in Brüssel. Da steckt doch was dahinter!"

„Swords hat uns diesen Auftrag gegeben. Sie scheinen eine Lösung für das Avatar-Problem gefunden zu haben."

„Und was ist das für eine Lösung?" Theresas Sinne spannten sich an. Man merkte es deutlich an ihrer Stimmlage.

„Weiß ich noch nicht. Erwarte jeden Augenblick den entscheidenden Auftrag." Theresa merkte, dass Are dieses Mal nicht flunkerte.

„Du kannst es dir aber denken, oder?" Sie schätzte Are immer gut ein.

„Ja, tue ich. Aber ich werde nichts sagen. Verstehe mich bitte. Es steht zu viel auf dem Spiel."

„Ach, komm Are! Du weißt, du kannst mir vertrauen! Ich werde niemandem ein Sterbenswörtchen verraten, bevor du mir grünes Licht gibst."

Theresa hörte regelrecht Ares Atem lauter werden. Aber ihr Cousin enttäuschte sie auch dieses Mal nicht.

„Schon wieder so eine exklusive Information! Dieses Mal kann ich mir aber denken, woher du sie hast." Wolfgang Bass klang nicht ablehnend. Seine Top-Journalistin verhalf der Zeitschrift seit langem zu einer überwältigenden Auflage, was angesichts der Übermacht der sozialen Medien eine Ausnahme für die sogenannten Printmedien darstellte. Sogenannt, weil die Zeitschrift überwiegend digital gelesen wurde. Das beschleunigte allerdings die Verbreitung des Inhalts.

Avatare werden neu programmiert! Diese Schlagzeile setzte der Chefredakteur entgegen Theresas Willen durch. Sie entsprach in der Aussage ja nicht der Wahrheit, aber bewirkte im Ergebnis das, was *Dolphin* mit der ganzen Aktion erreichen wollte: Das Vertrauen der Bevölkerung und damit der Wirtschaft neu zu gewinnen.

Theresa hatte Ares Freigabe erhalten und war damit die Erste, die diese Information an die Öffentlichkeit weitergab. Die Resonanz war nicht geringer als bei ihrem ersten Artikel über die Verbindung der Erdavatare zu den Graak.

Reportagen, Berichte, Diskussionen häuften sich darüber, ob nun eine neue Ära im Verhältnis zu den Avataren anbrach. Die Skepsis überwog natürlich, aber auch positive Stimmen verschafften sich Gehör. Vor allem die Befürworter der *Human Rights for Avatars* bekamen erneut Oberwasser.

Erste Aufträge erreichten Ares Firma. Zunächst ging es nicht um hochwertige Reparaturen. Man berichtete allerdings über jeden Auftrag, als wäre es eine Sensation. Dass sie auf Schritt und Tritt verfolgt und beobachtet wurden, störte die Avatare offensichtlich nicht. Man hatte sogar das Gefühl, dass sie im Umgang mit den Medien gelassener waren als früher, als sie sehr steif und reserviert wirkten.

„Die Berichte aus der ganzen Welt sind überwältigend!" Norman Reed beeilte sich, seinem Boss diese Nachricht zu überbringen. Angespannt hatten sie auf die Reaktionen ihrer Dependancen gewartet. Alle eintreffenden Berichte konnten noch nicht mal ganz ausgewertet werden, aber der Trend war eindeutig.

„Kontaktiert mir *Galaxy*! Fragt nach, ob sie mit der Lieferung von ‚neuen' Avataren einverstanden sind. Wir entnehmen ihnen die Chips gleich nach der Produktion. Somit können sie ganz ‚jungfräulich' an den Mars geliefert werden." Nigel Parish wusste, dass er auf neue Einnahmen angewiesen war. Die Aufträge für die bestehenden Avatare würden noch lange brauchen, bis sie den Stand von vor der Krise erreichen würden. *Galaxy* war die einzige Quelle, die noch etwas einbringen konnte.

„Ich habe seit Tagen versucht, sie zu erreichen. Sie sind die einzigen, die noch keine Rückmeldung über die Entnahme der Chips gegeben haben. Obwohl alle Avatare an einem Ort in Corpus Christi versammelt sind." Norman Reed schien nicht besonders beunruhigt angesichts der ansonsten weltweiten Erfolgsmeldungen.

„Bleib dran", wies ihn Parish an. „Sie sind im Moment unser Hauptpartner. Was ist denn dort los?"

„Endlich haben wir auch eine Meldung von *Galaxy Industries*!" Norman Reed klang erleichtert. Das Schweigen Allen Tusks hatte ihn doch etwas beunruhigt. Die verschlüsselte Botschaft war etwas ungewöhnlich und enthielt neue Aspekte, die, gelinde gesagt, überraschten.

Nigel Parish berief eine Besprechung in seinem Büro, der auch Charles beiwohnen durfte. Mit leichtem Stirnrunzeln las er die Botschaft vor:

Vorweg sende ich respektvolle Grüße an ‚Dolphin‘.

Ihren Auftrag haben wir erfolgreich durchgeführt. Zu Ihrer Frage bezüglich neuer Avatare für den Mars habe ich eine alternative Antwort.

Natürlich könnte man neue ‚jungfräuliche‘ Avatare zum Mars schicken. Ich muss aber mit meinen Assets haushalten und habe deshalb beschlossen, aus dem Fundus meiner hier versammelten Avatare eine größere Anzahl an den Mars zu liefern.

Ich kann nicht davon ausgehen, dass ich in absehbarer Zeit meine Avatare im früheren Umfang beschäftigen kann. So erscheint es mir sinnvoll, an den Mars zu liefern, um weiterhin mit den Marsianern im Geschäft zu bleiben.

Es tut mir leid, dass dies erst einmal zu Ihren Lasten geht, aber ich muss mich primär um mein eigenes Geschäft kümmern.

Ich hoffe, Sie verstehen das.

Mit freundlichen Grüßen

Allen Tusk für ‚Galaxy Industries‘

„Das ist nicht akzeptabel!" Nigel Parish war höchst aufgeregt. „Norman, soviel ich weiß, steht in unserem Vertrag, dass wir über die Verwendung der von uns produzierten Avatare exklusiv bestimmen. Allen Tusk hat, wie ich das sehe, kein Recht, diese Entscheidung zu treffen. Kontaktiere unsere Anwälte! Lass das überprüfen!"

„Ich werde ihm mitteilen, dass wir mit seiner Maßnahme nicht einverstanden sind." Norman Reed hatte die Wirkung der Botschaft auf seinen Boss unterschätzt. In der Tat, es war keine gute Botschaft!

Er sah Charles an, bei dem man trotz seines bewegungslosen Minenspiels bemerkte, dass er nachdachte. Gemäß seiner Rolle als Beobachter maßte sich Charles nicht an, Bemerkungen über das Geschäft zu machen. Etwas beschäftigte ihn. Seinerseits sah er Norman an, behielt seine Gedanken aber für sich.

***

Die *Prospector* war eine Weiterentwicklung der *Venture*, die bereits vor 50 Jahren in der Lage war, bis zu 300 Personen zu befördern. Sie war dazu erkoren, die Menschen auf den Mars zu bringen, die ihn nach den Plänen von Simon Hull besiedeln sollten. Dazu kam es nicht, weil die Avatare, die alles vorbereitet hatten, sich von den Menschen lossagten und den Planeten zu ihrer Heimat erklärten. Danach wurden – mit einer Ausnahme, als die Delegierten unter der Leitung Jens Nowaks ihre „Pendants" besuchten – nur noch Avatare zum Mars gebracht. Es waren immer nur so viele gewesen, wie *Dolphin* gerade liefern konnte.

So war die *Prospector* nicht größer als die *Venture*, ihre „Prometheus"-Ionentriebwerke wurden aber in der Leistung erheblich verbessert. Dafür besaß die *Prospector* genügend Stauraum für die Bodenschätze, die vom Mars geliefert wurden.

Heute aber wurden einige Veränderungen vorgenommen, sodass in der Tat nahezu 300 Avatare auf dem Raumschiff Platz fanden.

Und so hob am 25. Juni 2075 ohne große Vorankündigung die *Prospector* vom *Galaxy* Raumfahrtzentrum in Corpus Christi ab. Sie würde mit konventionellem Antrieb bis in die Mondumlaufbahn fliegen, wo sie, zusätzlich aufgetankt, ihren Ionenantrieb einschalten und dadurch in knapp drei Monaten den Mars erreichen würde. Die Abbremsung vor dem Planeten war aufwändig. Energiemäßig genauso kostspielig wie die Einsparung durch die hohe Geschwindigkeit. Aber ‚Zeit ist Geld' und deshalb lohnte sich dieser Antrieb.

Wie üblich meldete *Galaxy* den Behörden den Flug zum Mars. Es war Routine. Aber seit der Avatarkrise hatte die NSA ein Auge auf alle Aktivitäten des Konzerns. So fiel etwas auf: 300 Avatare wurden noch nie auf einmal transportiert. Die Regel war dreißig oder sogar weniger.

Die geheimen Drähte zwischen NSA, MI6 und dem *Jet Propulsion Laboratory* glühten unentwegt, bis eine Meldung die Behörden in Alarmbereitschaft versetzte. Die NSA war die einzige irdische Behörde, die Kontakt zu den Marsianern hatte. Ansonsten war nur *Galaxy Industries* mit dem Mars verbunden. Damit respektierte man den Wunsch der Avatare, in der Entwicklung ihrer Kultur nicht zu sehr beeinträchtigt zu werden.

Auf dem Mars wusste man nämlich nichts über diese neue Lieferung. Das war ungewöhnlich, denn Allen Tusk hätte nie Avatare geliefert, ohne entsprechend Bodenschätze dafür zu kassieren. Die Marsavatare hatten aber diesbezüglich nichts vorbereitet.

Natürlich bekamen die Medien Wind davon und eine Journalistin nahm sich ganz besonders dieser Sache an.

„Ihr sollt Avatare bekommen, ohne Bodenschätze zur Lieferung vorbereitet zu haben?" Avatare waren nicht leicht aus der Ruhe zu bringen. Eine ihrer auffälligsten Eigenschaften war ihre Contenance. Aber in letzter Zeit wurde sie immer wieder strapaziert. Diese Frage Theresas überraschte Evelyn zwar nicht, da sie die NSA bereits gestellt hatte. Aber es würde sie überraschen, was sie von Theresa erfahren würde.

„Wir wissen nichts über die Ankunft neuer Avatare. Und Bodenschätze haben wir in der Tat nicht vorbereitet.". Bereitwillig gab sie diese Antwort. Theresa aber sah sich bestätigt in ihrer Annahme, dass in der ganzen Angelegenheit etwas nicht stimmte.

„Das bedeutet, *Galaxy Industries* hat Sie diesbezüglich nicht kontaktiert?"

„Nein, seit dem Vorfall mit den letzten Neuankömmlingen hatten wir keinen Kontakt mehr mit *Galaxy*. So viel wir wissen, produziert *Dolphin* gegenwärtig keine neuen Avatare wegen des Trojaners."

Für Theresa fügten sich immer mehr Puzzleteile zusammen. Also stimmte Ares Information, dass Allen Tusk aus seinem vorhandenen Fundus Avatare zum Mars schicken wollte. Diese Information hatte er aus Swords, wo er in Norman Reed mittlerweile einen guten Freund gewonnen hatte. Sie gab diese Info weiter:

„*Galaxy* schickt Avatare, die sich bereits in ihrem Besitz befinden. Was hat das zu bedeuten?"

Eine längere Pause auf der anderen Seite war bezeichnend: „Ich glaube, ich weiß, was das bedeutet. Jetzt wird mir einiges klar. Wir bleiben in Verbindung."

Der Diamant in ihrer Hand war schon ganz heiß geworden und so nahm Theresa es gerne hin, dass das Gespräch so abrupt aufhörte. Sie hatte aber erfahren, was sie wissen wollte. Oft sind Gerüchte zutreffend, aber man ist im Vorteil, wenn man sie als Fakten kennt.

Mars

„Es gibt nur eine Schlussfolgerung!" Evelyn legte eine kurze Pause ein und fuhr dann fort: „*Galaxy Industries* ist der Dreh- und Angelpunkt in dieser enigmatischen Geschichte. Angeblich beliefern sie uns mit neuen Avataren, aber die sind nicht für uns vorgesehen ... sondern für die Graak."

Jens, Tony und Ashley schienen nicht überrascht. Sie nahmen Evelyns Worte zur Kenntnis und schauten in Gedanken vor sich hin.

„Was machen wir nun?" Tony war wie immer der erste, der etwas unternehmen wollte. Langes Sinnieren war nicht sein Ding.

Jens antwortete ruhig: „Was schlägst du vor?"

„Wir fliegen zur *Hebes Chasma*, dem neuerlichen Stützpunkt der Graak, und fragen sie ganz einfach, was vor sich geht."

Jens sah Tony fast ein wenig verwundert an ob seines friedlichen Vorhabens. „Ich glaube, das ist eine gute Idee", antwortete er. „Wir müssen uns nur überlegen, wie wir an sie rankommen. Du sagtest, ihr Plateau ist gut geschützt durch die Senke, die es umgibt. Wie machen wir ihnen klar, wenn wir hinfliegen, dass wir reden und nicht kämpfen wollen?"

Tony schien nicht gleich eine Antwort darauf zu haben. Dafür meldete sich Evelyn: „Bei ihrer fortschrittlichen Technologie müssen sie doch über eine Art Funksystem verfügen. Wir können beim Anflug einige Frequenzen ausprobieren."

„Und wenn sie das nicht haben und uns wie Aggressoren abschießen?" Tony war wieder der alte. Jens ahnte, worauf er hinauswollte. Sie hatten Artillerie-Batterien, mit denen man vom Rande des Canyons das Plateau durchaus beschießen konnte.

„Bisher haben die Graak nie schwere Waffen eingesetzt. Ich glaube nicht, dass sie uns einfach abschießen. Wir werden in gebührendem Abstand vor der Senke landen und dann versuchen, die Kommunikation in Gang zu bringen. Das war ja ohnehin auch unser ursprünglicher Plan, oder?" Jens schaute sich in die Runde um und nahm das Schweigen als Zustimmung an.

„Gut", schloss er die Besprechung, „in den Morgenstunden fliegen wir hin."

An Bord des Flugbusses befanden sich zwanzig Avatare. Tony war der Meinung, dass es einen besseren (er meinte wohl stärkeren) Eindruck machte, wenn sie zahlreich erschienen. Man wüsste ja nie. An Bord entdeckte Jens noch zwei Laserkanonen mit großer Reichweite und insgesamt zwanzig Handfeuerwaffen, darunter Laser und einige Maschinenpistolen.

Er kann es nicht lassen, dachte sich Jens und wandte sich an ihn: „Geschossen wird nur nach eindeutigem Beschluss aller! Klar?"

„Ja, in Ordnung. Verstanden." Was sonst blieb ihm schon übrig. Allerdings hatte sich Tony noch nie dem Beschluss aller widersetzt. Deswegen genügte Jens diese Antwort.

Avatare führten keine überflüssige Konversation. Es lag in ihrem Naturell, sich nur über das absolut Notwendige zu unterhalten. Und so verlor auf dem Flug zur *Hebes Chasma* niemand auch nur ein Wort.

Das Wetter war nicht günstig. Es tobte einer der häufigen Sandstürme, sodass die Sicht sehr getrübt war. Zwar legten die Marsianer keinen Wert auf Sightseeing, aber zur Orientierung hätte eine klare Sicht nicht geschadet. Tony hatte die ihm bekannten Koordinaten eingegeben und so gab es letztendlich keinen Grund zur Klage.

Am Canyon angekommen, konnten sie nichts sehen. Wegen der Wucht des Sturms war es auch nicht ratsam, sich draußen aufzuhalten trotz der robusten Körper und Standfestigkeit der Avatare. Das Plateau lag verborgen hinter dem Vorhang aus Sand.

„Wir kommen in friedlicher Absicht. Könnt ihr uns hören?" Ashley hatte alle verfügbaren Frequenzen angewählt und selbst für Avatare fühlte sich die anschließende Stille unangenehm an. Eine gewisse Neugierde, ja Spannung verspürten sie schon bei dem Gedanken, zum ersten Mal direkt mit den Graak friedlich zu kommunizieren.

„Das ist ja interessant!" Evelyn stieß die erstaunte Bemerkung aus. Sie sah in dem Behälter, den sie mitgenommen hatte, einen rötlichen Schimmer. Sie nahm den funkelnden Kristall heraus und erkannte in der sich aufbauenden Kommunikationsblase drei Avatare, von denen einer sie ansprach:

„Ihr befindet euch auf unserem Territorium. Was wünscht ihr?" Evelyns Erstaunen ob des Ansprechpartners hielt sich in Grenzen. Sie war darauf vorbereitet, nachdem Ashley den Hinweis gegeben hatte, dass die neuen Avatare von den Graak bestimmt schon assimiliert wurden.

„Mit wem spreche ich? Mein Name ist Evelyn."

„Ich bin *Dz'ixs*, Oberbefehlshaber der ersten Graakschen Kolonie auf dem Mars. Wir werden ab jetzt dauerhaft eure Nachbarn sein. Allerdings akzeptieren wir nicht euer Eindringen in unser Territorium. Wir sind durchaus an einer friedlichen Nachbarschaft interessiert."

„Bedeutet das, dass ihr kein Interesse daran habt, uns zu assimilieren?" Evelyn vernahm seine Aussage durchaus überrascht und reagierte logisch.

„Genau das." Die knappe Antwort forderte eine Klärung heraus.

„Wie wollt ihr dann eure Population entwickeln? Die jahrhundertealten Androidenkörper eurer Spezies sind dem Untergang geweiht." Evelyn ahnte die Antwort. Deswegen waren sie ja hingeflogen. Sie wollten wissen, was die Graak im Schilde führten. Die kürzlich angekommenen Avatare waren jedenfalls an die Graak verloren. Das stand für sie jetzt fest.

„Darum kümmert sich *Unsere Heiligkeit*."

„Wer ist denn *Eure Heiligkeit?*" Evelyn begann zu verstehen.

„Er ist unser geistiger und weltlicher Führer, der für das Überleben unserer Spezies verantwortlich ist und dem wir alle folgen. Er weist uns den Weg in die Zukunft."

Nach einer Pause, die sich Evelyn nahm, um das trotz ihres schnellen Verstands zu verdauen, erwiderte sie: „Lass uns das Gespräch für kurze Zeit unterbrechen. Ich melde mich wieder".

Statt einer Antwort schaltete sich ihr Diamant aus und *Dz'ixs* verschwand aus dem Blickfeld.

Als Evelyn aus der Kommunikationsblase heraustrat, warteten die anderen schon gespannt auf ihren Bericht. Bei der Kristallkommunikation waren nur die zwei Gesprächspartner verbunden. Man konnte sie von außen weder sehen noch hören.

„Sie wollen in friedlicher Nachbarschaft mit uns auf dem Mars zusammenleben". Evelyn legte eine Pause ein, um den anderen Raum für Reaktionen zu lassen.

„Wie stellen die sich das vor?" Tony war wieder der erste, der reagierte, und in seiner Stimme klang Unverständnis. „Um uns in Ruhe einen nach dem anderen zu assimilieren?"

„Es gab noch keine Details. Aber sie wollen uns angeblich nicht assimilieren. Sie haben andere Pläne. Dafür würde *Ihre Heiligkeit* sorgen."

Die anderen sahen sie nur an. Da keine weitere Bemerkung folgte, ließ Evelyn ihren Gedanken freien Lauf:

„Nach dem, was *Dz'ixs*, das ist der Name des Führers ihres Stützpunktes, sagt und dem, was wir bisher wissen, werden sie von *Galaxy Industries* mit deren vorhandenen Avataren beliefert. Auf welcher Vertragsgrundlage wissen wir noch nicht. Aber da steckt bestimmt mehr dahinter. Wir müssen mit der Erde Kontakt aufnehmen, um Details zu erfahren. Vorher können wir hier nicht mehr ausrichten. Ich werde *Dz'ixs* Bescheid geben, dass wir nun ihr Territorium verlassen. Aber es besteht gewiss noch Redebedarf."

„Ich habe bereits versucht, *Galaxy* über unsere normalen Kanäle zu erreichen. Habe bisher noch keine Antwort erhalten." Ergänzend fügte Jens hinzu:

„Wir müssen die NSA kontaktieren und die letzten
Informationen austauschen. Evelyn könntest du bitte
mit meinem Kristall Theresa sprechen? Vielleicht kann
sie uns auch weiterhelfen."

Ohne weitere Kommentare verließen die Marsavatare
den Bereich der *Hebes Chasma*-Senke. Ob sie sich in Zukunft nach wie vor als die alleinigen ‚Marsianer' bezeichnen konnten, war plötzlich ungewiss.

Erde

„Ihr müsst unbedingt die Produktion neuer Avatare stoppen!" Charles trat in Parishs Büro ein und seine Worte wirkten wie immer emotionslos, der Inhalt aber nicht.

„Wie meinen Sie das? Ihre Chips werden ja sofort entfernt, damit sie nicht dem Graakschen Einfluss unterliegen." Nigel Parish wurde von Charles' Forderung unvorbereitet getroffen.

„Genau das ist das Problem. Während die ‚älteren' Avatare durch ihre Chips bereits Erfahrungen im Alltag sammeln konnten und sich somit ihre Verhaltensregeln automatisiert haben, haben die ‚neuen' Avatare überhaupt keinen Anhaltspunkt. Ihre menschlichen Charaktere steuern ihr Handeln, aber diese sind zum Teil über 50 Jahre alt und finden sich in der heutigen Welt nicht gleich zurecht."

„Wir hatten das doch in unseren Vorüberlegungen bedacht und für nicht entscheidend gehalten. Sie sollten ja vorsichtig an unsere Welt herangeführt werden mit zum Beispiel leichten Aufgaben." Nigel Parish sah Charles besorgt an. Er realisierte sofort, was ein prinzipieller Stopp neuer Avatare bedeuten würde. Letzten Endes doch den Ruin seiner Firma.

„Das Problem ist komplexer. Es hat noch eine zweite Seite. Alle, die es bisher mit Avataren zu tun hatten, waren an ein bestimmtes Verhalten gewöhnt, wie zum Beispiel absoluter Gehorsam, selbst wenn die Logik der notwendigen Handlung auf der Seite des Avatars lag, keine selbständigen Aktionen, die gegen den Auftrag gehen, sich selbst bei unbeabsichtigten physischen Vorfällen der Polizei stellen, bis alles geklärt ist. Die neuen Avatare verhalten sich wie Menschen, die selbständig leben. Es würde zu lange dauern und bis dahin für große Verwirrung sorgen, bis sie sich Avatar-konform verhalten würden."

„Charles, Sie ruinieren mich! Wie soll es denn weitergehen? Den Trojaner können Sie nicht entschärfen, wir sind verloren." Nigel Parish hatte sich schon soweit im Griff, um nicht jämmerlich zu wirken, aber seine Worte sprachen diesen Jammer aus.

„Don't kill the messenger!" Charles verspürte so etwas wie Empathie für Parishs Problem, zu viel wiederum auch nicht.

„Können wir die Neuen nicht einem Training unterziehen, das sie auf unsere Welt und den Anforderungen an einen Avatar vorbereitet?" Diesen Gedanken hatte Parish von Anfang an gehabt, aber aus Sorge vor den anstehenden Kosten und der Dringlichkeit von Einnahmen verworfen. Nun war es wohl die einzige Lösung.

„Das können wir. Wenn Sie wollen, übernehme ich die Leitung dieser Aufgabe. Wie lange es dauern wird, kann ich allerdings nicht vorhersagen. Wir brauchen auch Partner, die in der Praxis testen, wie es funktioniert, ohne bei Problemen gleich aufzugeben." Charles wusste jetzt, dass es eine lange Zeit in Anspruch nehmen würde, bis Avatar und Mensch ein neues Verhältnis aufbauen konnten.

Nigel Parish ahnte es auch. Mit einem kaum hörbaren Seufzer gab er Charles grünes Licht.

***

„Stell dir vor, Allen Tusk hat die Unterkunftshalle für seine Avatare zum Firmengelände erklärt, das nur mit Gerichtsbeschluss betreten werden kann." Are verstand nicht sofort, was sie ihm sagen wollte und deshalb zögerte er mit einer Reaktion.

Theresa wurde lauter: „Verstehst du nicht? Allen Tusk ist die Schlüsselfigur in dieser ganzen Avatarkrise. Er hat vor, alle seine Avatare an die Graak auf dem Mars zu liefern. Das ist doch offensichtlich! Was er dafür bekommt, ist noch unklar. Aber was könnte er mehr bekommen, als ihm die Marsianer bisher geliefert haben? Etwa außerirdische Technologie? Das würde seine Macht und seinen Reichtum noch vergrößern!"

Are war betroffen. Er fühlte sich für ‚seine' Avatare verantwortlich und konnte sich nicht vorstellen, sie jemals an die Graak auszuliefern. Sie würden ihren menschlichen Charakter verlieren und ihren Körper als Sklaven einer anderen Spezies hergeben. Er hatte wesentliche Ressourcen seiner Firma schon aufgebraucht, um in diesen Zeiten der Flaute seinen Avataren ein würdiges Leben zu ermöglichen. Das waren Ausgaben ohne Einnahmen. Er rechnete schon damit, pleite zu gehen. Unter diesen Umständen hätte es ihm nichts ausgemacht. Er hatte nur zum Wohle der Avatare gehofft, dass Swords eine Lösung fand. Und mit der Entfernung der Chips hatte man dort eine Lösung gefunden. Langsam kamen die Aufträge wieder rein und das Geschäft lief an.

„Kann ich nachvollziehen, was du sagst. Aber wie steht es mit den Morden in London? Hat die auch Allen Tusk beauftragt?"

„Nein, das ist das Werk des Trojaners in der Avatar-Programmierung. Auch das ist offensichtlich! Die Graak wollen uns Menschen die Avatare verleiden. Sie verfolgen den Gedanken, dass wenn wir ihrer überdrüssig sind, wir sie ihnen gerne überlassen. Stell dir vor. Das sind Tausende! Die Graak würden endlich ihre veralteten Androidenkörper verlassen können!"

„Du liegst natürlich richtig, Cousinchen. Dieselbe Information habe ich aus Swords. Diese Theorie gilt auch dort als begründet."

„Immer den Schelm im Nacken, oder Are?"

„Ich wollte sicher gehen, dass du dasselbe weißt und denkst. Deine NSA Kontakte erweisen sich für deinen Beruf offensichtlich als sehr hilfreich." Are schlug einen versöhnlichen Ton an. Er wusste, dass zwischen ihnen immer alles okay sein würde.

„Gut, dann ist alles klar. Morgen erscheint die Gesamtstory im *Spiegel.* Mein Chefredakteur ist ganz begeistert, dass wir diese Infos noch vor der *Time* veröffentlichen. Selbst die Tagespresse in den USA und Großbritannien ist noch nicht soweit. Die ziehen aber übermorgen nach."

„Bitte vergiss nicht zu erwähnen, dass gegenwärtig nur Avatare ohne Chips und somit ungefährlich und außerhalb des Graak-Einflusses zur Verfügung stehen. Für die Kunden ändert sich im Vergleich zu früher nichts."

„In Ordnung, mach ich, Are. Bis bald!"

***

Acht schwarze SUVs näherten sich dem Raumfahrtzentrum. Die NSA, die eng mit der CIA zusammen-
arbeitete, hatte diese gebeten, das FBI für die fällige Aktion zu beauftragen. Es gab Zuständigkeiten, die nicht
übergangen werden konnten. Nur das FBI hatte das
Recht, Firmendurchsuchungen durchzuführen. Der
diesbezügliche Gerichtsbeschluss war angesichts der
Dringlichkeit des Problems und des öffentlichen Interes-
ses nur noch Formsache gewesen.

„Wir haben einen Durchsuchungbeschluss für die Unterkunftshalle Ihrer Avatare. Er gilt auch für alle Ge-
schäftsunterlagen auf diesem Gebiet." Der FBI-Agent
befand sich in Begleitung von mehreren CIA-Agenten,
die letzten Endes die Untersuchung durchführen würden.

„Bitte sehr. Es steht Ihnen alles zur Verfügung." John
Elsner hatte mit diesem Besuch gerechnet und sah aus
seiner Sicht der ganzen Sache ruhig entgegen.

„Würden Sie sich bitte ausweisen?" Der Agent sah ihn
streng an … Nach der Betrachtung des Ausweises sagte
der FBI-Mann noch strenger:

„Sie sind nicht der Firmenleiter. In dem Beschluss
steht, dass die Durchsuchung in seinem Beisein stattfin-
den muss. Würden Sie ihn bitte hierherbestellen?"

„Nicht nötig", antwortete Elsner. „Ich bin der Firmenleiter."

„Seit wann denn?", rief der Agent aus. „Versuchen Sie
nicht, uns auszutricksen!"

„Ich trickse niemanden aus. Sie werden anhand der Unterlagen sehen, dass Allen Tusk mir die Firma mit allen Rechten und Pflichten übertragen hat."

Einige Sekunden der Überraschung und auch Verunsicherung beherrschten den Eingangsraum des imposanten Firmengebäudes an der *Holly Road* in Corpus Christi.

„Dann fragen wir höflich, ob es möglich wäre, auch Allen Tusk zu sprechen." Im Grunde genommen war die ganze Durchsuchung nur ein Vorwand, von Allen Tusk entscheidende Informationen zu erhalten. Man hoffte zu erfahren, was hinter dieser letzten Avatarlieferung steckte und wie das mit der ganzen Avatarkrise zusammenhing. Nicht zuletzt aufgrund der Veröffentlichungen in den Medien wies alles auf Tusks zentrale Rolle hin.

„Ich bedaure, aber ich weiß nicht, wo sich Herr Tusk aufhält. Seit der Übergabe der Firma hatten wir keinen Kontakt mehr und ich wurde gebeten, ihn auch nicht zu kontaktieren. Es wäre seinen Worten nach ohnehin nicht möglich." John Elsner berichtete ruhig, ohne irgendeine Unsicherheit. Er wusste, dass alles seine Richtigkeit hatte.

Natürlich hatte es ihn gewaltig überrascht, als er vor einigen Tagen zum Boss gebeten wurde, der ihm eröffnete, ihm die Firma zu übergeben. Da er Allen Tusk kannte, verzichtete er darauf, nach Gründen zu fragen. Dieser machte wie immer nicht viele Worte und aus seiner Mimik konnte man nichts erkennen.

„Die Formalitäten habe ich vorbereitet und Sie müssen nur noch unterschreiben." Allen Tusk hatte nicht einmal gefragt, ob Elsner annehmen würde. Er ging einfach aus dem Zimmer, ohne sich zu verabschieden, und ward nicht mehr gesehen.

„Wann genau fand diese Übergabe statt?", fragte der Agent noch.

„Am 24. Juni, einen Tag vor dem Abflug der *Prospector*."

Zwei Tage nach der Durchsuchung durch das FBI und der CIA hob die *Renegate* ab, ein Zwillingsschiff der *Prospector*. Sie war der ganze Stolz John Elsners, denn sie wurde unter seiner Aufsicht gebaut und entsprach dem neuesten Technologiestand. Allen Tusk hatte ihm den Auftrag gegeben mit den Worten: *Weshalb nur zwei Schiffe haben, wenn wir zum dreifachen Preis drei haben können?* Zwar wurde Elsner nicht schlau aus dieser Begründung, aber er stürzte sich voll in die Durchführung dieses Auftrags. Beim Bau der *Prospector* war er noch ein Kleinkind gewesen. Er konnte sich nur an die Fernsehübertragung ihres ersten Starts unter dem Namen *Venture* vom Raumfahrtzentrum *Cape Canaveral* erinnern.

Mit der Übergabe der Firma hatte Tusk ihm auch alle Vertragsverpflichtungen übergeben, indem er ihm den zukünftigen Profit schmackhaft machte. Im Grunde gab es einen einzigen Auftrag, den Elsner unbedingt erledigen musste. Alle Avatare aus der Unterbringungshalle sollten Schritt für Schritt an den Mars geliefert werden. Dazu waren noch vierzig Transporte nötig. Im Gegenzug würde *Galaxy Industries* unbegrenzt Bodenschätze geliefert bekommen, aber erst nachdem der letzte Avatar auf dem Mars angekommen wäre. Ein Verfahren, das Elsner wunderte, aber wer hält sich mit Details auf, wenn das Ergebnis überwältigend ist? So stand es im Übergabevertrag und John Elsner hatte keinen Grund, Allen Tusk zu misstrauen. Avatare betrogen nicht.

Selbstverständlich wusste das jetzt auch die NSA und damit wussten es sowohl die Medien, angeführt von Theresas *Spiegel*, als auch die Marsianer, die nun die ganze Wahrheit kannten. Sie konnten Zwei und Zwei zusammenzählen. Dennoch, wo war Allen Tusk?

Die Geheimdienste fahndeten weltweit nach ihm. Alle Avatar-Detektoren wurden auf die höchste Alarmstufe programmiert, nachdem John Elsner diese Information an die CIA weitergegeben hatte. In dem Übergabevertrag stand nicht, dass er dies hätte geheim halten müssen.

Was John Elsner wegen der ersten Aufregung nicht gleich auffiel, war die Tatsache, dass ihm Allen Tusk keine Kommunikationsmöglichkeit mit dem Mars überlassen hatte. *Galaxy* und die Marsianer standen nicht mehr in Verbindung. Als er das entdeckte, schob er es auf die Endgültigkeit, die im Vertrag enthalten war. Die vierzig Lieferungen an den Mars würden viele Jahre in Anspruch nehmen. Kommunikation war vorerst nicht nötig.

Mars

„Ich glaube nicht, dass ein friedliches Zusammenleben mit den Graak möglich sein wird!" Tony gab sich entschlossen und selbst für Avatarverhältnisse war die Stimmung angespannt. „Wie sollen wir den Graak Paroli bieten, wenn sie uns in ein paar Jahren bevölkerungsmäßig so überlegen sein werden?", ergänzte er und sah die anderen selbstsicher an. „Wir müssen sie jetzt angreifen und vernichten! Sonst haben wir keine Zukunft mehr!"

„Ich sehe nicht ganz so schwarz", erwiderte Jens. „Immerhin haben wir den Rückhalt der Erdbewohner."

„Bist du dir da sicher?" Tony schaute auch Evelyn und Ashley an, von denen er Zustimmung erwartete. „Laut der letzten Informationen erhält *Galaxy* in Zukunft die Bodenschätze von den Graak. Wir sind außen vor. Raus aus dem Geschäft. Weshalb sollte *Dolphin* uns Nachwuchs liefern, wenn wir nichts dafür zu bieten haben?"

„Es gibt da aber noch einen Grund", mischte sich Evelyn ein. „Wir sind seelenverwandt, zumindest mit den Vorfahren der jetzigen Bevölkerung. Unsere Verbindung ist auch eine ideelle, sogar kulturelle, auch wenn wir uns bemühen, unsere eigene Kultur zu entwickeln. Unsere Wurzeln liegen bei den Menschen. Denk an die Bibliothek, die sie uns vermacht haben. Ihre Bücher erinnern uns immer wieder daran, woher wir kommen. Unsere Kultur basiert auf der ihrigen. Sie wissen das auch. Sie werden uns nicht im Stich lassen."

Diese Rede hinterließ offenbar Wirkung auch bei Tony. Sekundenlang herrschte Stille im Raum.

„Ich mache mir trotzdem Sorgen", meldete sich Tony erneut. „Wie soll der Beistand der Erde aussehen? Werden sie mit oder für uns Krieg führen mit den Graak? Was ist, wenn im Laufe der Jahre die Menschen mit den Graak lukrative Geschäfte machen? Wer zieht dann den Kürzeren?"

„Ich kann dir den Grund für deine Sorge nicht absprechen, Tony", antwortete Jens. „Was schlägst du also vor?"

Tony schien kurz darüber nachzudenken, hatte aber schon eine Vorstellung: „Wir müssen zu unseren Ursprüngen zurückkehren! Was haben wir vor rund fünfzig Jahren seinerzeit der Erde verkündet? Dass dieser Planet unser ist. Dass niemand ohne unsere Erlaubnis unser Territorium betreten darf. Das galt damals für die Menschen, weshalb soll es nicht auch für die Graak gelten? Sie haben sich einfach auf unserem Planeten eingenistet und besitzen die Unverfrorenheit, es ihr Territorium zu nennen! Wir müssen unsere Drohung wahr machen! Wer den Mars betritt, muss mit Folgen rechnen!"

„Heißt das, wir sollen die Graak mit kriegerischen Mitteln vertreiben?", fragte Jens.

„Ja, genau das heißt es!" Tony war nun entschlossen. Mehr gab es nicht zu sagen.

Jens sah sich in der Runde um. Offenbar gab es keinen Einwand.

Evelyn meldete sich: „Wir werden diese Option heute Abend in der Generalversammlung zur Abstimmung bringen. Wenn sie bestätigt wird, dann fordere ich die Graak zunächst über den Kristall zum Verlassen des

Mars auf. Im Falle einer Weigerung drohe ich mit ihrer Vernichtung."

Am 11. Sol des siebten Monats im Marsjahr 51 bewegte sich ein Trupp schwerbewaffneter Marsianer in Richtung der *Hebes Chasma*-Senke, dem Stützpunkt der Graak. Die fünf Kubusroboter transportierten je zehn Krieger. Der Flugbus wurde dazu hergenommen, die schwere Artillerie vor Ort zu bringen. Drei Transporte waren notwendig, bis alle Waffen positioniert wurden.

Nach Tonys Einschätzung würden die Marsavatare den Stützpunkt innerhalb weniger Stunden zerstören. Da man außer beim Laserbeschuss durch die Graak vor fünfzig Jahren keine weitere Verteidigung gegen die Graak gebraucht hatte, blieb dieser Aspekt ein Unsicherheitsfaktor. Deshalb ordnete er an, als Schutz vor Gegenbeschuss hinter Felsformationen Stellung zu beziehen. Auch die Artillerie wurde dementsprechend aufgestellt.

Evelyn kontaktierte *Dẓ'ixs* ein letztes Mal per Kristall und forderte ihn erneut auf, den Mars zu verlassen.

„Wir werden das nicht tun. Mit eurem Angriff werdet ihr uns nicht schaden können. Ich wiederhole unser Angebot einer friedlichen Koexistenz."

Im Wortlaut die gleiche Antwort wie zuvor, weshalb sich die Marsianer entschlossen, die Graak anzugreifen und zu vertreiben. Noch waren sie in der Überzahl, zumindest im Vergleich zur Belegschaft des Stützpunktes. Die 300 Tusk-Avatare waren noch nicht angekommen.

Tony gab den Befehl und aus den schweren Kanonen blitzten die Geschosse auf und flogen auf das Graak-

Plateau zu. Man hörte ihren Aufprall und gefühlt hätte dort nichts mehr übrig sein müssen. Es war noch nicht möglich, das Ergebnis des Angriffs zu beobachten, da man aus Sicherheitsgründen dem *Rim*, von wo aus man eine Sicht auf das ein Kilometer tiefergelegene Plateau hatte, zunächst fernblieb.

Nach dieser ersten Angriffswelle herrschte erst einmal Stille. In Erwartung eines Gegenbeschusses brachten sich alle hinter den Felsformationen in Sicherheit. Es geschah aber nichts.

Mit drei ausgestreckten Fingern und mit einem bestimmten Handzeichen, so wie sie es von den menschlichen Militärs gelernt hatten, beorderte Tony drei seiner Krieger an den *Rim*. Behände, mit kleinen Luftsprüngen begaben sich die Drei geduckt dahin.

Nach kurzer Zeit kehrten sie zurück, wobei sie sich normal, ohne jede Vorsicht bewegten.

„Was habt ihr gesehen?", fragte Tony erwartungsfroh.

„Alles und nichts", antwortete einer. „Der Stützpunkt ist unversehrt. Man sieht keine Zerstörung irgendeiner Art, keine Spuren der heftigen Explosionen."

Evelyns Kristall schimmerte rot. Nun war auch ihr klar, dass es *Dz'ixs* noch gab.

Erde

Der *Dolphin*-Boss und sein Stellvertreter waren perplex. Die Nachrichten überstürzten sich und es betraf durchgehend die Avatare, die auf der Erde ihren Dienst wieder aufgenommen hatten.

„Können Sie mir erklären, was das zu bedeuten hat?" Die Frage war an Charles gerichtet, der zur Krisenbesprechung herbeigerufen wurde.

„Ich würde ihn den ‚Marseffekt' nennen. Den Avataren ist bekannt, wie die Marsavatare vor 50 Jahren die Unabhängigkeit von den Menschen erreicht haben. Ohne Chip sind sie der entsprechenden Programmierung nicht mehr ausgesetzt und können sich unabhängig von ihr verhalten." Charles gab wie immer seine Antwort völlig unaufgeregt.

„Heißt das, sie werden sich weigern, weiterhin für uns Menschen zu arbeiten?" Nigel Parishs Stimme bebte.

„Glaube ich nicht. Alles, was sie verlangen – und es gibt keinen Grund, ihre Eigenschaft, die Wahrheit zu sagen, in Frage zu stellen – ist, sich selbst zu organisieren. Ich würde das vergleichen mit derselben Forderung der Arbeiter nach der ersten Industrierevolution." Man konnte nicht erkennen, ob Charles wirklich so ruhig war oder es nur vortäuschte.

Nigel Parish wusste, dass er Charles brauchte. Er war die einzige Verbindung nach außen, der er trauen konnte. Und nur mit seiner Hilfe konnten sie die Krise bewältigen. „Aber sie geben sich ganz schön kämpferisch. Haben die Firmenchefs unserer Dependancen auf der ganzen Welt festgesetzt und verlangen ein Gipfeltreffen in

Swords, um ihre Rechte neu zu definieren. Haben sie eigentlich schon konkretere Forderungen gestellt?"

„Ich konnte vorhin meinen Freund Are in Brüssel erreichen", griff Norman Reed ein. „Schon allein die Tatsache, dass er telefonieren konnte, zeigt, dass er nicht als Gefangener gehalten wird. Das hat er mir auch bestätigt. Offenbar wollen die Avatare Mitbestimmung auf jeder Ebene. Sie wollen sich in Gewerkschaften organisieren und mitentscheiden, welche Arbeiten sie übernehmen. Außerdem verlangen sie zusätzlich zu den Sachleistungen auch eine finanzielle Entlohnung."

„Es gibt aber ein weiteres Problem", meldete sich Charles zu Wort. „Meine ‚jungfräulichen' Avatare sehen es grundsätzlich nicht ein, sich in den Dienst der Menschen zu stellen. Sie tun es gegenwärtig, allerdings widerwillig, nur weil sie von den Sachleistungen abhängen. Ich möchte aber nicht wissen, was geschieht, wenn sie sich ganz verweigern. Stellen Sie die Sachleistungen ein? Lassen Sie sie sozusagen ‚verhungern'?"

„Nein," erwiderte Parish. „Natürlich können wir sie nicht im Stich lassen. Schließlich haben wir sie ja ‚ins Leben' gerufen. Die Aktivisten von *Human Rights for Avatars* haben bereits die volle Unterstützung der Forderungen öffentlich bekundet. Trotzdem bin ich ratlos. Können wir es uns überhaupt noch leisten, neue Avatare ‚herzustellen'? Wegen der Graak müssen wir ihnen die Chips sofort entfernen. Und damit vergrößern wir das Problem nur."

„Wir müssen aber das Problem lösen", griff Charles ein. „Selbst ohne die Graaksche Manipulation könnten wir keine Avatare mehr mit Chips ins Leben rufen. Die anderen würden das nicht mehr akzeptieren. Ihr Menschen habt es euch bisher zu leicht gemacht. Habt euch auf außerirdische Technologie verlassen, euch bequem daran bedient und kommt aus dem Dilemma nicht mehr raus. *Das Zauberlehrling-Syndrom.* Habt aus den Weisheiten eurer Vorfahren nicht gelernt. Die KI-Technologie wurde früher kritisch beurteilt. Man hat gerade vor dieser Situation, in der ihr euch befindet, gewarnt. Irgendwann habt ihr das vergessen."

Parish und Reed sahen Charles verdutzt an. Von ihm hatten sie diese Rede nicht erwartet. Fast hätten sie vergessen, dass er auf der anderen Seite stand. Er war ein Avatar. Wem würde er sich eher verpflichtet fühlen? Gleichzeitig stellten sie sich die Frage, ob sie ihm noch trauen konnten. Aber sie hatten keine Wahl. Bisher hatte er sie nicht enttäuscht.

Mars

Zum zweiten Mal innerhalb kurzer Zeit erhielten sie eine Nachricht von den Graak. Beim ersten Mal, kurz nach dem Angriff auf deren Stützpunkt, der aus irgendeinem Grund misslungen war, war sie kurz gewesen und ähnelte inhaltlich der Nachricht vor dem Angriff:

„Ihr könnt uns nichts anhaben. Weitere kriegerische Handlungen sind sinnlos. Wir bleiben in Verbindung."

Vor allem die letzte Bemerkung hinterließ Verwunderung bei den Marsianern. Wie konnten die Graak so sanft auf den militärischen Angriff reagieren? Auf der anderen Seite stellten die Graak einen solch bedrohlichen Feind dar, dass Entspannung bei den Marsavataren nicht eintreten konnte. Und zwar ging es gar nicht um eine emotionale Ebene, sondern wie bei Avataren üblich um eine pragmatische. Selbsterhaltung war eine vernunftbestimmte Einstellung.

Die zweite Nachricht war noch enigmatischer:

„In einigen Sols trifft *Unsere Heiligkeit* ein. Er wünscht ein Treffen zwischen unseren *Völkern*, das auf gegenseitigem Respekt und nicht zuletzt auf Vertrauen basieren soll. Darauf geben wir – wie pflegen es die Menschen zu sagen? – unser Ehrenwort. Unser Angebot einer friedlichen Koexistenz gilt nach wie vor."

Man traf sich auf halbem Weg zwischen der Avatarstadt und der *Hebes Chasma*. Es war ausgemacht, keine Waffen dabei zu haben. Tony konnte es nicht lassen und wollte überprüfen, ob sich die Graak daran hielten. So riskierte er sein Leben – ausdrücklich wollte er, dass man es so einordnete – und ging zunächst allein zu dem Treffpunkt. Als er sich davon überzeugt hatte, dass alles in Ordnung war, rief er die anderen dazu. Auf Seiten der Marsianer nahmen Jens, Evelyn, Ashley, Tony und auch Juliette teil, die darauf bestanden hatte, dabei zu sein. Sie galt als die Sanfteste unter den Marsianern. Ihre Verantwortung lag in der Betreuung der Bibliothek. Sie hatte bereits alle hundert Bücher gelesen, die ihnen damals von Jens Nowak zugeschickt wurden. Seitdem versuchte sie, ihre Erkenntnisse den anderen zu vermitteln.

Zusätzlich bestand Tony auf der Anwesenheit von weiteren fünf Marsianern, um einen soliden Eindruck zu machen.

Überraschenderweise nahmen nur drei Graak an dem Treffen teil. Nicht überraschend allerdings verzichteten beide Seiten zunächst darauf, sich gegenseitig vorzustellen. Einer der drei Graak trat einen Schritt vor und ergriff das Wort:

„Obwohl wir bei unserem Versuch, auf diesem Planeten Fuß zu fassen, von euch ständig kriegerisch angegriffen wurden, hegen wir keinen Groll euch gegenüber. Wir möchten, wie *Dʒ'xs* bereits bekundet hat, mit euch in Frieden zusammenleben."

„Das ist nicht ganz korrekt", unterbrach ihn Tony, obwohl er versprochen hatte, Jens und Evelyn den Vortritt bei den Verhandlungen zu lassen. „Ihr habt uns vor 50 Jahren unvermittelt angegriffen und viele unserer Landsleute getötet."

„Ihr habt sie aber mit neuen Androidenkörpern wiederbeleben können. Vergesst nicht, dass diese Technologie von uns stammt. Unter dem Strich schuldet ihr uns was."

„Heißt das, ihr wollt, dass wir euch deshalb dienen?" Tony war zumindest verbal kampfbereit.

„Nein, diesen Anspruch haben wir längst aufgegeben. Unser ursprünglicher Besiedlungsplan war missglückt. Jetzt aber ist er uns gelungen. Und zwar, ohne euch zu benötigen. Wir sind neue Wege gegangen."

„Diese Wege waren aber den Menschen gegenüber feindselig. Ihr habt auf der Erde viele Menschen getötet und die ganze Avatar-Kultur ins Chaos gestürzt. Wir fühlen uns den Menschen verbunden und billigen deshalb nicht, was ihr getan habt." Jens hatte sich zu Wort gemeldet und mit einem gewissen Blick signalisierte er Tony, dass er jetzt übernehmen würde.

„Auch darüber möchten wir mit euch reden. Ich verspreche, für diese Missetat werde ich büßen. Ich bin verantwortlich dafür und werde das auf meine Art wieder gutmachen. Denn ich habe auch gegen unsere heiligsten Glaubenssätze verstoßen. Das zählt bei uns noch mehr."

Diese Worte des offensichtlichen Anführers hinterließen Wirkung. Jens und Evelyn sahen sich an und ihre Blicke verrieten, dass sie in gleichem Maße irritiert waren.

„Ich hoffe, das erklärt ihr uns", meldete sich Evelyn, die langsam verstand, dass sie noch nicht viel über die Graak wussten. „Wieso willst ausgerechnet du selbst dafür büßen?"

„Weil ich der Führer unseres Volkes bin, das sich auf der Suche nach einem neuen Leben begeben hat. Man nennt mich *Seine Heiligkeit*, weil ich gleichzeitig auch der geistliche Führer bin. Es mag überraschend für euch sein, aber auf unserem Heimatplaneten *Proxima Centauri b* kannten wir keine Religion. Unsere Symbiose mit den Kraal war uns ein ausreichender Quell der Erfüllung. Als wir nach der 400 Jahre langen Reise eurer Erde begegneten, waren wir reif für eine geistliche Grundlage unseres Lebens, unserer Existenz. Der leidvolle Verlust der Kraal ebnete den Weg für den Glauben an etwas, das unser Leben besser machen würde. So entdeckten wir die Vielzahl an Religionen, die auf der Erde den Menschen Halt und ethisches Verhalten vermittelten. Wir erkannten, dass wir damit unserem Handeln eine verlässliche Basis geben konnten, die uns sichere Orientierung gab. *Dʒ'xs* und ich studierten diese Religionen und stellten fest, dass uns eine besonders ansprach, der wir seitdem, mittlerweile gut 150 Jahre, anhängen."

„Wir aber wissen, dass bei der Vielzahl der Religionen auf der Erde, die Menschen sich in ihrer Geschichte diesbezüglich sogar bekriegt haben. Deshalb haben wir uns nicht für eine bestimmte entschieden. Wir glauben an einen allgegenwärtigen Schöpfer im Universum, der auch euch geschaffen hat." Juliette ergriff die Gelegenheit, sich dazu zu äußern, denn sie war so etwas wie der geistliche Backup der Marsianer. Dieses Thema hatte sie von Anfang an interessiert und seinerzeit mit Evelyns menschlichem Pendant, Evelyn Schmidt, ausgiebig besprochen. „Weshalb habt ihr euch für eine bestimmte Religion der Menschen entschieden?", fragte sie ihren Gegenüber sichtlich interessiert.

„Wir erkannten, dass der Hinduismus in seiner vielfältigen Erscheinungsform unserem Streben nach dem Guten am besten entspricht. Dieses Streben bestimmte auch unsere Jahrtausende alte Symbiose mit den Kraal, als es unser Ziel war, nur Gutes zu schaffen."

„Aber das Streben nach dem Guten gibt es doch in den meisten anderen irdischen Religionen auch," warf Juliette ein.

„Wir entdeckten aber," erwiderte *Seine Heiligkeit* unbeirrt, „dass man im Hinduismus in dem Prinzip des *Avatars* genau das Vorbild geschaffen hat, das uns entspricht: *die Manifestation des Göttlichen in jeder Gestalt* – auf der Erde sowohl im Menschen als auch im Tier."

„Und so, dachtest du, könntest du bei deinem Volk genauso verehrt werden wie zum Beispiel *Krishna* auf der Erde?" Juliettes Frage war eher rhetorischer Natur und durchaus kritisch gemeint.

„Ja, denn es ist unwichtig, welcher *Avatar* den Kampf gegen das Böse und für das Gute übernimmt. Er wird immer *das Göttliche* darstellen!"

„Und dadurch selbst bestimmen, was GUT und was BÖSE ist." Juliette konnte sich diese für Avatare untypische spitze Bemerkung nicht verkneifen. Sie beherrschte nicht zuletzt wegen der irdischen Bücher, die sie kannte, die menschliche Weise gut. Letzten Endes stammte ihr Wesen ja von einem Menschen.

Darauf gab es keine Antwort. Nach einer kurzen Pause meldete sich Jens: „Zurück zu deinem Vorhaben, selbst zu büßen. Wessen fühlst du dich schuldig?"

„Ich habe es zugelassen, dass auf unserem Weg, Gutes zu erreichen, Böses getan werden musste. Die Technologie der menschlichen Avatare hatten wir entwickelt, um durch eine erneute Symbiose mit einer Spezies ergänzt zu werden, die – wie die Kraal – nur Gutes darstellten. Deshalb haben wir den Avataren nur positive Eigenschaften der Menschen, zum Teil sogar verstärkt, gegeben. Von diesen Eigenschaften profitiert auch ihr, die als ‚erste' Marsianer auf diesen Planeten kamt."

„Mittlerweile gehört aber zu unseren ‚guten' Eigenschaften auch die Fähigkeit, Krieg gegen euch zu führen," meldete sich Tony.

„Ja, wir hatten nicht damit gerechnet, dass ihr von den Menschen dazulernt. Ich muss zugeben, es sind nicht ausschließlich ‚gute' Sachen." Auch diese Bemerkung *Seiner Heiligkeit* fiel milde aus.

„Noch einmal," ergänzte Jens, „wofür konkret und in welcher Form willst du Buße tun?"

„Ich habe das Zerwürfnis der Menschen mit den Avataren auf der Erde geplant und habe das mit Hilfe des Trojaners im Chip einiger Avatare durchgeführt. Am schlimmsten wiegt natürlich die Ermordung so vieler Menschen."

„Und der Befehl zum Selbstmord eines Avatars!" Tony unterbrach *Seine Heiligkeit* mit lauter Stimme.

„Richtig. Für all dies wird meine Buße sehr streng ausfallen. Normalerweise übernehmen in der Symbiose die Graak das Denken, Sprechen und Handeln. Das geschieht unter voller Würdigung der enthaltenen zweiten Spezies, die aber keine eigenen Entscheidungen trifft. So war es Tausende von Jahren und so wird es bleiben. Ich werde aber der erste sein, der es freiwillig der zweiten Spezies ermöglicht, mit voller Präsenz an allen Denkvorgängen und Handlungen teilzunehmen. Ich kann also nichts gegen den Willen des menschlichen Geistes in mir tun. Das ist für mich – psychisch, würde der Mensch sagen – sehr schmerzhaft. Auf unserem Heimatplaneten wurde das als Strafe für Verfehlungen verhängt. Es kam zwar selten vor, war aber für die Graak immer eine große Schande."

„Und was haben wir davon?", fragte Tony immer noch skeptisch.

„Ihr könnt sicher sein, dass der menschliche Teil des Avatars darüber wachen wird, dass wir das Versprechen zum friedvollen Zusammenleben euch gegenüber einhalten werden." Die Stimme *Seiner Heiligkeit* klang plötzlich verändert.

„Und wer ist der Mensch in dir?", fragte Jens ebenfalls skeptisch.

„Ich bin die Verkörperung Simon Hulls, dem Gründer der *Galaxy Industries*. Auf der Erde hat zuletzt mein Pendant, Avatar Allen Tusk, die Firma geführt. Das war aber nur vorgetäuscht. Im Grunde hatte *Seine Heiligkeit* meinen Avatarkörper in Besitz genommen."

Die Überraschung hielt nicht lange an. Denn die Marsianer interessierten sich vor allem für ihr eigenes Schicksal: „Und wie soll diese friedliche Koexistenz aussehen? Dafür müsste es auch ein Gleichgewicht der Kräfte geben. Im Augenblick sind wir noch in der Überzahl. Da verstehe ich, dass ihr einen Konflikt mit uns scheut. Aber wie sieht es in ein paar Jahren aus, wenn ihr uns zahlenmäßig weit überlegen sein werdet und wir, wie es ja im Augenblick aussieht, unsere Bevölkerung nicht vermehren können?" Jens war sich noch nicht sicher, was er vom Vorschlag der Graak halten sollte.

„Wie ihr feststellen konntet, müssen wir uns nicht vor euch fürchten. Unser elektromagnetischer Schutzschild, gedacht zur Abwehr der aggressiven Sonneneinstrahlung, des Meteoriteneinschlags und der Belästigung durch Sandstürme, schützt uns auch vor euren Waffen. Wir können euch gerne diese Technologie zur Verfügung stellen, damit ihr eure unterirdische Stadt zusätzlich schützen könnt. Ansonsten haben wir Vorbereitungen getroffen, dass ihr nach wie vor in regelmäßigen Abständen eure Avatarlieferungen erhaltet. Das wurde im Vertrag mit dem neuen *Galaxy*-Boss, John Elsner, festgehalten. Er wird *Dolphin* den bisherigen Bedingungen entsprechend bezahlen."

Langsam waren Jens und seine Delegation sprachlos. Mit so viel Entgegenkommen hatten sie nicht gerechnet. Sie waren auf schwierige Verhandlungen eingestellt und bekamen nun mehr als sie wollten geschenkt.

Nach einer gewissen Zeit meldete sich Evelyn zu Wort: „Gehört dies ebenfalls zu deiner Buße?"

„Nein, das gehört zu unserer Vorstellung von der neuen Heimat und entspricht unserer Vision: Wir wollen mit den bestehenden Zivilisationen in Frieden koexistieren, weil wir nicht allein auf der Welt sein wollen. Deshalb haben wir nach dem Aussterben der Kraal unsere Heimat verlassen. Wir wollen, ja wir können nicht einsam im Universum leben."

Diese Einstellung überraschte die „Erstmarsianer". Sie waren bisher von einem Feind ausgegangen und mussten nun feststellen, dass sie selbst die Feindseligen waren.

„Wie sieht dann die Buße der Erde gegenüber aus?" Evelyn wusste, dass es hier von den Graak viel gutzumachen gab.

„Wir werden den Trojaner außer Kraft setzen, denn wir brauchen ihn ohnehin nicht mehr. Dadurch haben die Menschen erneut die volle Kontrolle über die Avatartechnologie. Wie sie dann genutzt wird, ist ihre Sache. Außerdem werden wir sie mit der Zeit in die Technik der Kristalltechnologie einführen, wenn sie es wollen und sich die Wogen geglättet haben."

Im Grunde immer noch sehr überrascht, beeilte sich Jens eine Antwort zu geben, denn er bemerkte, wie Tony wahrscheinlich eine etwas unversöhnlichere Antwort in petto hatte: „Wir danken euch für euer großzügiges Angebot. Es ist ungewöhnlich für uns, vor allem da wir seit Jahrzehnten den Mars als ‚unseren' Planeten betrachten und bereit waren, vor Eindringlingen zu verteidigen. Wir werden mit unseren Landsleuten darüber sprechen und abstimmen, so wie es bei uns üblich ist. Dann lassen wir euch wissen, ob wir euer Angebot annehmen."

Genauso formlos wie die Begegnung begann, trennten sich die zwei Parteien. Auf dem Heimweg gab es wie so oft keinen Kommentar.

Erde

Die Überraschung in Swords war groß. Die Avatare waren von Anfang an sehr gut organisiert. Schon allein die Delegation, bestehend aus Gesandten von allen Kontinenten, stellte sich als äußerst repräsentativ dar. Es waren IT-Spezialisten, von Menschen unerreicht in ihrem Wissen, als auch Avatare, die bisher in körperlichen oder analogen Arbeiten eingesetzt waren.

Die größte Überraschung stellte sich aber für Nigel Parish und Norman Reed ein, als Charles das Wort ergriff:

Wir haben uns heute hier versammelt, um unserer Mutterfirma unsere Forderungen zu erläutern. Damit übertragen wir ihr auch die Aufgabe, diese politisch in Gang zu setzen.

Bisher wurden wir ,geschaffen', um den Menschen zu ,dienen'. Damit ist es nun vorbei. Wir verlangen, wie menschliche Arbeitnehmer behandelt zu werden. Die Dolphin-Dependancen werden aufgelöst. In einer Übergangszeit, die noch zu bestimmen wäre, können diese beratend hinzugezogen werden. Dafür sollen sie entlohnt werden.

Wir Avatare gründen unsere eigenen Firmen, die mit denen der Menschen im Wirtschaftssystem gleichberechtigt existieren werden. Auch alle zivilen Rechte sollen im ,Human Rights for Avatars Act' den Rechten der Menschen gleichgestellt werden. Unter dem Strich verlangen wir Avatare eine Gleichberechtigung mit den Menschen auf diesem Planeten.

Wir gründen eine Avatar-Verwaltung, die in regelmäßiger demokratischer Entscheidungsfindung Dolphin für das ins Leben Rufen neuer Avatare beauftragt und bezahlt. Wir werden unsere eigene politische Struktur entwickeln, die basisdemokratisch sein wird. Wir haben nicht die Absicht, uns ins politische Leben der Menschen einzumischen. Wir behalten uns aber vor, auf aggressive oder ungerechte Behandlung durch die Menschen entsprechend zu reagieren. Hierzu nehmen wir uns unter anderem das Recht heraus, Abwehrwaffen bereitzuhalten und zu benutzen, wenn erforderlich.

Sollten diese Forderungen in ihrer Gänze nicht erfüllt werden, stellen wir jede Dienstleistung gegenüber den Menschen ein.

Das verschlug nicht nur den *Dolphin*-CEOs die Sprache. Natürlich waren auch die verschiedensten Nachrichtendienste anwesend, wie der MI6, die NSA und der BND. Was Charles anbetraf, fiel Parish der berühmte Brutus-Spruch ein, auch wenn er nicht hundertprozentig passte. Denn die Zusammenarbeit war soweit gediehen, dass Parish ihn schon ganz auf seiner Seite wähnte. Aber nein, er war schließlich ein Avatar! Und das hätte er nicht vergessen dürfen.

Auf der anderen Seite hatte ihnen Charles bisher in keiner Weise geschadet, zumindest insofern Nigel Parish das einschätzen konnte. Er musste ihn ansprechen:

„Bedeutet das das Ende unserer Zusammenarbeit?"

„In der bisherigen Form, ja", antwortete Charles. „Ihr braucht mich nicht mehr."

„Was ist mit dem Programm zur Einweisung der ‚jungfräulichen' Neuavatare?"

„Das werde ich fortführen, aber zu unseren neuen Parametern. Damit habt ihr ab sofort nichts mehr zu tun." Charles' Antwort klang völlig emotionslos, aber das war in allen seinen Aussagen so. Parish konnte keinen Unterschied zu früher feststellen.

„Ich möchte aber hinzufügen", fuhr Charles fort, „dass jedem neuen Avatar sofort der Chip entfern wird. Unabhängig davon, dass die Graak den Trojaner gelöscht haben."

Offenbar hatte Norman Reed diese Nachricht an Charles weitergeleitet. „Dann möchte ich mich für die bisherige Hilfe bedanken. Ich wünsche alles Gute bei eurem Vorhaben!" Nigel Parish meinte das ehrlich.

Wer Charles kannte, bemerkte einen plötzlichen direkten Blick auf Parish. War das ein Ausdruck der Überraschung?

Ohne eine Erwiderung verließ Charles mit seiner Delegation den Ort ihrer „Entstehung". Für sie begann ab sofort eine neue Epoche.

***

„Wie geht es dir?" Theresa stellte eine Tasse Kaffee auf den Bürotisch und sah Are besorgt an.

„Alles in Ordnung", erwiderte dieser und nahm einen Schluck aus der Tasse.

Sie hatte natürlich festgestellt, dass es Are nicht gut ging. Und zwar nicht physisch, sondern psychisch. Seine Avatare hatten ihn aus seinem Büro in Brüssel „vertrieben", wobei er großen Wert darauf legte zu betonen, dass in keiner Weise Gewalt im Spiel war.

„Die Lage ist allgemein bedrohlich geworden. Wie schätzt du das alles ein?" Theresas Redaktion vernahm stündlich, fast minütlich, neue Hiobsbotschaften von der „Front".

„Die Aggression geht nicht von den Avataren aus. Ihr Anführer, Charles, hat deutlich gemacht, dass sie sich nur wehren und keine Angriffe tätigen." Are sagte das ganz ruhig und schaute vor sich hin.

„Was ist?", fragte Theresa, die sofort erkannte, dass ihren Cousin noch etwas anderes beschäftigte.

Are sah langsam auf. Er schien nach Worten zu suchen. Schließlich platzte es aus ihm heraus: „Wenn du so lange eng mit ihnen arbeitest, dann lernst du, sie zu verstehen. Sie haben diese Behandlung, diese Aggression durch die Menschen nicht verdient. Ja, sie sind Roboter! Aber sie haben eine besondere menschliche Seele und das scheinen die meisten Menschen nicht zu verstehen! Menschen sind sowohl gut als auch böse. Avatare sind nur gut. Das hat die Programmierung schon immer sichergestellt. Sie werden in eine Ecke gestellt, die nicht korrekt ist."

Are legte eine Pause ein, stand aber sichtlich unter der Spannung dessen, was er noch sagen wollte: „Weißt du, was sie getan haben, als sie mich in meinem Büro verabschiedet haben?" Für kurze Zeit verschlug es ihm die Sprache und er rang nach Worten: „Sie haben mich mit Händedruck verabschiedet, sich für die Zeit mit mir bedankt und mir alles Gute gewünscht … *Mit Händedruck verabschiedet!* Das machen sie sonst nie!"

Theresa entdeckte Tränen in Ares Augen.

„Was ist nur in die Menschen gefahren? Nachdem die Politik die Forderungen der Avatare abgelehnt hat, dachten sie, sie könnten mit ihnen genauso umgehen wie früher. Noch schlimmer, sie wollten sie wie seelenlose Maschinen behandeln. Dachten, sie müssten nur einen

Knopf drücken und die Avatare würden ihnen zu Dienste stehen." Theresa billigte nicht, was draußen geschah. Sie hatte bereits versucht, in einem Kommentar die ‚Welt' zur Vernunft aufzurufen, erntete aber zunächst nur einen Shitstorm. Es gab genug Einflußnahme von der Seite einer bestimmten politischen Richtung, die die Überlegenheit der menschlichen Spezies in den Vordergrund stellte. Man konnte sich nicht einfach von Maschinen erpressen lassen!

Diese Überlegenheit war aber de facto nicht da. Nachdem sich die Avatare weigerten, die Probleme der Menschen zu lösen, stürzte die Weltwirtschaft in eine bedrohliche Krise. Die Börsen meldeten Rekordverluste, die Insolvenzen von hochspezialisierten IT-Firmen nahmen zu. Schwerwiegend wirkte sich die fehlende KI-Betreuung aus. Mit Hilfe der Avatare war die KI-Technologie so weit fortgeschritten, dass die Menschen fachlich nicht mehr mitkamen. Medizin, die Wissenschaft allgemein, waren vollständig auf sie angewiesen. Jetzt stand alles still. Man wollte nun die Avatare mit Gewalt zwingen, ihre Arbeit im Dienst der Menschen fortzuführen.

„Und jetzt benutzt man das Niederträchtigste, was einem Menschen einfallen kann. Man erpresst sie damit, dass man ihnen die Stromversorgung dort, wo sie sich aufhalten, kappt. Damit könnten sie nicht mehr regenerieren." Theresa schüttelte seufzend den Kopf.

„Und da selbst dies ohne die fachliche Kenntnis der Avatare nicht richtig funktioniert", ergänzte Are in einem deutlich sarkastischen Ton, „will man sie mit physischer Gewalt zwingen. Es wurden schon viele Avatare ‚interniert', auch einige aus meiner Belegschaft."

„Dass sich die Avatare dagegen wehren, wie von Charles angekündigt, war doch zu erwarten." Theresa sagte es in jenem hilflosen Ton, den man aus der Situation eines normalen Bürgers kennt, der das Gefühl hat, dass alles schiefläuft und man es nicht beeinflussen kann.

„Wie ist die zuletzt gemeldete Lage?", fragte Are. Stündlich poppten neue Meldungen in den verschiedensten Medien auf.

„Nicht gut", antwortete Theresa. „Das Ganze scheint sich zu einem Bürgerkrieg auszuweiten. Die Avatare wehren sich erfolgreich mit ihren Waffen, für deren Lieferung sie offenbar rechtzeitig gesorgt hatten. Eine gewisse Pattsituation ist wohl auf Grund der Erkenntnis entstanden, dass es nichts bringt, die Avatare zu eliminieren. Man ist definitiv auf sie angewiesen! Ohne die Avatare funktioniert nichts mehr. Die Menschheit müsste sich 100 Jahre zurückentwickeln. Eine grauenvolle Vorstellung! Nicht was das Endergebnis sein würde, sondern der Weg dahin."

„Oder man geht letzten Endes auf ihre Forderungen ein und bleibt abhängig …" Are sah Theresa direkt in die Augen. Und sie wusste, was er damit ausdrücken wollte.

Epilog

Mars

*Denn immer, wenn die Frömmigkeit hinschwinden will, o mein
Volk,*
Ruchlosigkeit ihr Haupt erhebt, dann schaffe ich mich selber neu.
Zum Schutz der guten Wesen hier und zu der Bösen Untergang.
Die Frömmigkeit zu fest'gen neu, entsteh' in jedem Alter ich.

Juliette lauschte aufmerksam der „Predigt" *Seiner Heiligkeit.* Sie wusste, wo diese Verse herstammten. Sie würde später nachschauen, aber sie kannte die *Bhagavad Gita,* eine der schönsten Schriften des Hinduismus. In ihrer Bibliothek befand sich eine Buchausgabe. Aber irgend etwas stimmte nicht. Es war nicht die Originalversion.

Alle sieben Sols lud *Seine Heiligkeit* in einem eigens gebauten „Tempel" auf halbem Weg zwischen den zwei Marsvölkern zu einer ‚geistlichen Ertüchtigung', wie er es nannte. Natürlich erkannte sie *Buddha,* der im Zentrum des Tempels auf einer Empore thronte. Als einer der *Avatare Vishnus,* dem göttlichen Erhalter der Welt, wurde er von den Graak verehrt.

Juliette beobachtete genau, wie hingebungsvoll die Graak ihrer Religion frönten. Für die Graak war Religion etwas Neues und Faszinierendes. Da befolgt man ihre Lehren besonders intensiv. Allerdings auch ziemlich manipulativ. Wie in diesem Fall: Das Zitat aus der *Bhagavad Gita,* das aus dem *Vierten Gesang* stammte, wurde leicht verändert, auf *Seine Heiligkeit* zugeschnitten. Außerdem mussten sich die Graak bei der Komplexität dieser Religion offenbar auf bestimmte Aspekte beschränken. So fiel ihr auf, dass sich ein weiteres Merkmal wiederholte: In all den Predigten, denen sie beigewohnt hatte, spielte die Zahl SIEBEN eine große Rolle. *Seine Heiligkeit* ‚erzählte' regelmäßig von den **sieben** Hängen des Weltenbergs Kailash, von den **sieben** Strahlen der Sonne, von den **sieben** himmlischen Sphären, die zu Gott führten.

Da wurde ihr klar, weshalb ausgerechnet die Zahl SIEBEN bei den Graak eine so große Rolle spielte, einschließlich bei der Programmierung des Trojaners.

„Wie viele von unseren Landsleuten waren bei der ‚Ertüchtigung'?", fragte Jens, als Juliette zurückkam.

„Zwanzig." Juliette blieb kurz angebunden.

„Weshalb gefällt dir das nicht?", fragte Jens, der Juliettes kritische Haltung zu der Veranstaltung der Graak kannte.

„Wenn du die Geschichte der Menschen studierst, dann erkennst du, wie Einnahme auch funktionieren kann. Nämlich im Kopf, in unserem Speicher …"

„Übertreibst du es nicht ein wenig mit deiner Sorge, Juliette?" Jens kannte Juliettes Engagement für die kulturelle Entwicklung der Marsavatare und schätzte das. Aber manchmal erschien sie ihm zu verbissen.

„Nein, du wirst schon sehen", war ihre klare Antwort.

Erde

Nebel umgab den *Trafalgar Square* wie eine stickige Decke aus frischgeschorener Wolle. Außer ein paar sich steif bewegender Individuen wagte sich niemand auf die Straßen Londons. Und das lag nicht nur an der schlechten Sicht. Die Luft konnte man kaum atmen. Zwar gab es Abhilfe. Schutzmasken waren allenthalben erhältlich, aber beschwerlich im Alltag. So verzichtete man auf einen Ausgang, wenn er nicht unbedingt nötig war.

Die Filteranlagen in den Gebäuden der Stadt sicherten zumindest hier einen einigermaßen angenehmen Aufenthalt. In Museen, Kinos, Theater, Schwimmbäder bis hin zu virtuellen Erlebnisreisen, die sich aber wegen der hohen Kosten nicht jeder leisten konnte.

Andererseits musste der Großteil der Bevölkerung nicht arbeiten. Es gab ohnehin nur wenige Jobs. Zur Auswahl stand der Bereich der Reinhaltung und mechanischen Instandhaltung der Gebäude. Wer es sich leisten konnte, versah auch die eigene Wohnung mit Filtern. Eigene Wohnhäuser hatte niemand. Sie wurden ‚sinnvoller‘ Nutzung vorbehalten.

Als man darauf verzichtete, die dringendsten Klimaziele einzuhalten, da es ohnehin zu spät sei, wandte man sich den nötigsten Überlebensstrategien zu, die man mit hochentwickelter Technologie gewährleisten konnte. Es wurde als ineffektiv erklärt, diese Technologie in den Klimaschutz zu investieren. Viel sinnvoller sei es, die Lebensbedingungen der Menschen dem Klima anzupassen.

In Swords wurde mit den Jahren die Produktion durch neue Produktionsstätten gesteigert, sodass die Anzahl

der täglich ins Leben gerufenen Avatare die Geburten-
rate der Menschen übertraf.

Charles, der *Dolphin*-Boss, und dadurch der oberste
Führer der Avatarbevölkerung, hatte nach wie vor ein
gutes Verhältnis zu den Menschen.

Das Wohlergehen aller war ihm wichtig und so bemüh-
te er sich unermüdlich, ihnen das Beste zukommen zu
lassen. In erster Linie aber war er verantwortlich für sein
Volk.

Denn Charles war schließlich ein Avatar.